1
One
著：風見鶏
イラスト：緋原ヨウ
Kazamidori
illust.
Yoh Hihara
ミトロフ・ド・バンサンカイ
太っちょ貴族は迷宮でワルツを踊る
The fat noble dances a waltz in the labyrinth

「あやつ――喰《く》ったのじゃ、
〝守護者〟を」

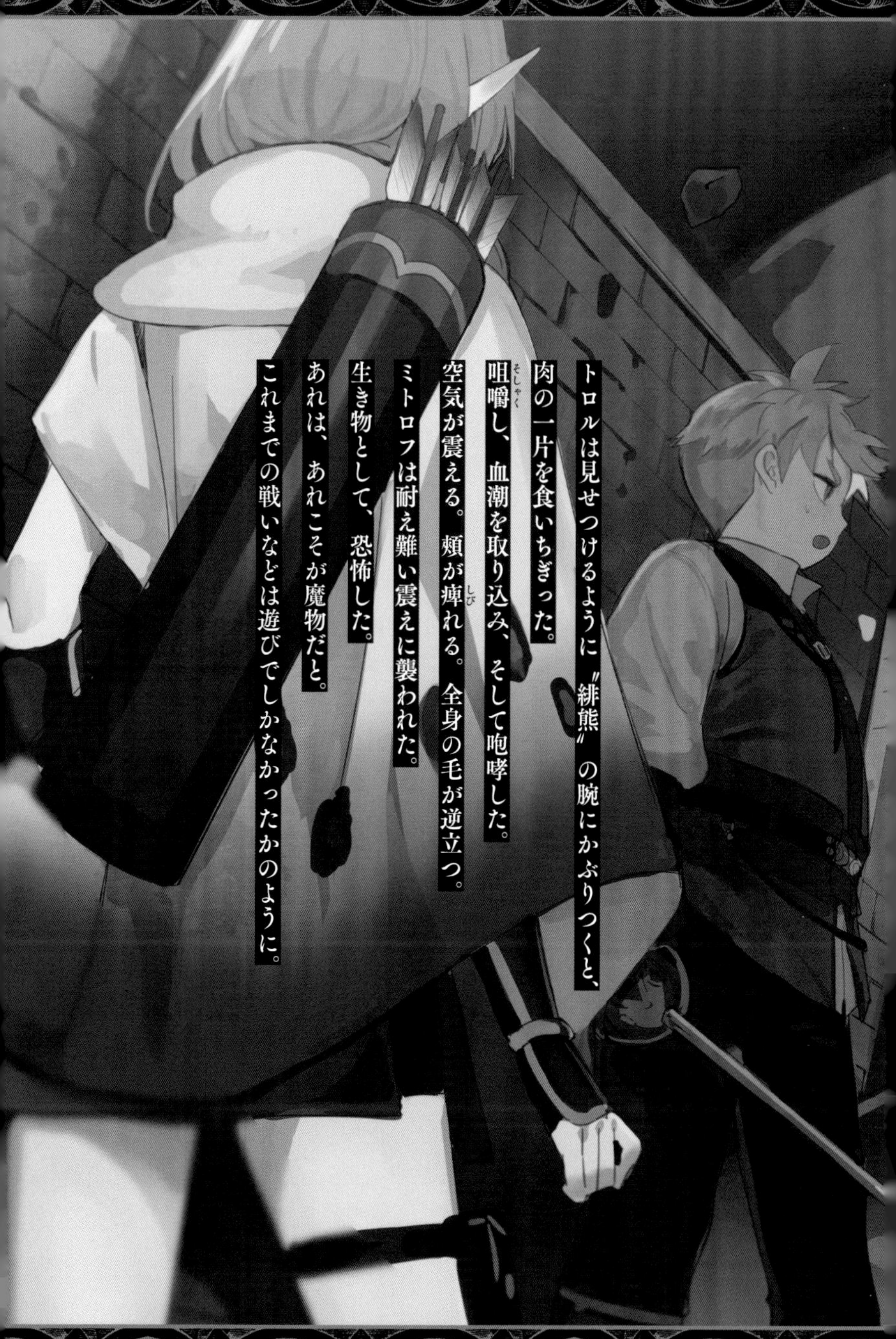
トロルは見せつけるように〝緋熊〟の腕にかぶりつくと、
肉の一片を食いちぎった。
咀嚼《そしゃく》し、血潮を取り込み、そして咆哮した。
空気が震える。頬が痺《しび》れる。全身の毛が逆立つ。
ミトロフは耐え難い震えに襲われた。
生き物として、恐怖した。
あれは、あれこそが魔物だと。
これまでの戦いなどは遊びでしかなかったかのように。

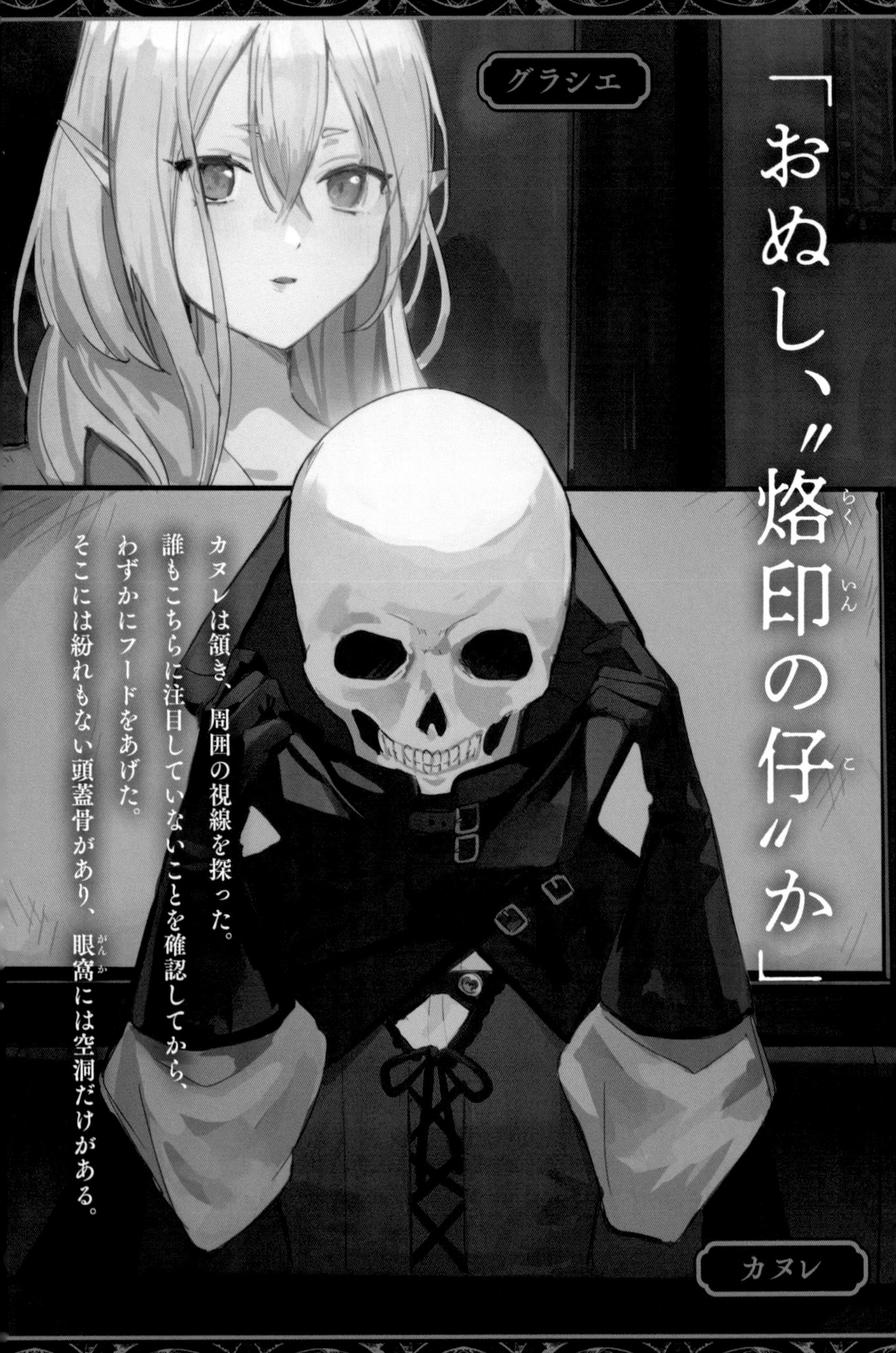

「おぬし、〝烙《らく》印《いん》の仔《こ》〟か」
グラシエ
カヌレは頷き、周囲の視線を探った。
誰もこちらに注目していないことを確認してから、
わずかにフードをあげた。
そこには紛れもない頭蓋骨があり、眼窩《がんか》には空洞だけがある。
カヌレ

1
One
太っちょ貴族は迷宮でワルツを踊る
The fat noble dances a waltz in the labyrinth
著：風見鶏
イラスト：緋原ヨウ
Kazamidori
illust.
Yoh Hihara

CONTENTS

第一幕　太っちょ貴族は家を追い出される

1

「ミトロフ。お前にはこの家を出て行ってもらう」

ミトロフは手にナイフとフォークを持ち、マッシュポテトを肉のソースに浸したところだった。傍らには食べ終えた皿が積み重なっているが、テーブルクロスには汚れひとつない。

幼いころからの教育により、その所作は貴族に相応《ふさわ》しく美しいものだったが、食い意地ばかりは平民よりも汚い。いくら食べてもミトロフの欲というものは満たされないらしい。幾度となく注意してもミトロフは人並み以上の過食をやめず、屋敷の者らが「まるでブタのようだ」と陰口を叩《たた》くほど丸々と肥えている。

バンサンカイ伯爵はミトロフを見据える。柔らかな目元は亡き妻に似ている。しかし服も張り裂けんばかりの体型！　まるまると膨らんだ顔！

節制も自制もなく、欲と怠惰の具現かのような姿に、バンサンカイ伯爵は耐えきれぬと顔を背けた。

「食、食、食……ミトロフ、お前には品がない。どれほどの教育をしても、お前の食に対する欲は消えぬ。先月の晩餐会《ばんさんかい》でオドブル侯爵に何と言われたと思うか。お前は知恵あるトロルのようだと、そう笑われたのだぞ！　ええい忌々しい！　もはやお前を当家の人間として認めるわけにはいかぬ！」

「はあ」

と、ミトロフは頷《うなず》き、ごく穏やかにマッシュポテトを食べた。ひとくち、ふたくち、ぺろり。皿を空にして、ナプキンで口を拭い、畳んでテーブルに置く。

「では父上、ぼくは勘当されるということですか」

「お前の今後の態度次第ではそうなるだろう」

と、バンサンカイ伯爵は苛立《いらだ》たしげに口髭《くちひげ》を撫《な》でた。

無気力なほどにミトロフの反応は鈍い。家を追い出すとまで言っているのに、それすらもミトロフの心には響かないようである。

貴族が実子を勘当するというのは社交界では醜聞だ。もっともらしい理由もない。生きたままでは相続権の破棄のための手続きも手間である。

ミトロフは三男だった。

長男は勤勉で秀才。野心のなさが気にはかかるが、伯爵家を問題なく継がせられる。

次男は王都で書記官としてよく務めている。いまだ婚約相手も見つけずに女遊びにうつつを抜かしているのは悩ましいが、うまくやれば中央にコネを作るだろう。

しかし今年で十五歳となったミトロフ。こればかりは、役に立たない。何をやらせても覇気がなく、無気力で平凡。食うばかりにしか興味もなく、食費だけがかさむばかり。

貴族家にとって、長男以外は予備でしかない。そして役に立たない予備を遊ばせておくほど、バンサンカイ伯爵家は余裕がないのだ。

「ミトロフ、お前は迷宮に行くが良い。貴族としての古き務めを果たすのだ。すでに手続きは済ませた」

バンサンカイ伯爵は懐から取り出した金属の薄板を食卓に放った。滑り、ミトロフのワイングラスの足元にかつんと当たって止まる。

「それは迷宮への通行許可証だ。迷宮ギルドへの加入証でもある。それを持って家を出て、独り立ちをして見せろ」

「はあ」

ミトロフは迷宮への通行許可証――冒険者カードと呼ばれる薄板を取り、表、裏と眺めた。そこにはすでに自分の名前が刻まれている。これといった感情も見せず、胸ポケットに入れる。

ミトロフの反応の鈍さに、バンサンカイ伯爵はまた苛《いら》つきを覚える。昔は違った。ミトロフはもっと溌剌《はつらつ》とした子どもだった。しかし、今ではこれが自分の息子なのだ。そう思うと、自分の血を継いだ顔すら忌々しく思えてしまう。

「……アルゾから荷物を受け取り、家を出よ。迷宮で手柄を立てたならば戻ってこい」

「分かりました」

ミトロフは立ち上がり、バンサンカイ伯爵に一礼する。身体《からだ》は丸々と膨れていながら、洗練された所作はまさに貴族の振る舞いである。

「お世話になりました、父上。迷宮に行って参ります」

どす、どす、と重たげに足音を鳴らしながら、ミトロフは食堂を出て行った。

2

執事のアルゾから渡されたのは、幾ばくかの支度金と着替えの詰まった鞄《かばん》だけだった。貴族の生活に慣れたミトロフにとっては目を疑うような窮乏である。端金《はしたがね》を渡されて追い出され、お前は迷宮で死ねと言われたに等しい。

ミトロフは鞄を足元において自室の中心で立ち尽くし、なにを持って行こうかと考えた。生きるために必要なもの、そして思い入れのあるものを選ぼうと考えた。

父から買い与えられた服飾品、本、短剣……部屋の中にあるのはすべて、ミトロフの物ではあっても、ミトロフが手に入れたものではない。それを鞄に詰めていくことはためらわれた。

悩んで、ミトロフはサイドテーブルの引き出しから、あるだけのハンカチと食事用のナプキンを取り出して懐に収めた。幼いころに母や乳母がミトロフの名を刺繡《ししゅう》してくれたものだ。

ミトロフはクローゼットに歩み寄り、扉を開く。ミトロフの丸く膨れた身体を包むために、大人用のサイズのシャツが並んでいる。もう何年も着ていない夜会用の衣装をかき分けると、奥に立て掛けられているのは一本の細剣である。

ミトロフは手を伸ばす。感触は冷たく、どこか他人行儀な雰囲気を握る。久しく目にもしていなかった細剣は、記憶と比べて幾らか小さくなっていた。

開かれた窓から春の風が吹き込んだ。膨らんだカーテンに包まれた風の中に、冬の気配はもう残っていない。陽光を透かした刺繍の影絵が床を彩るのを、ミトロフはぼうと見つめた。

ミトロフは剣の柄《つか》を指で拭った。埃《ほこり》の下に銀の輝きが浮かぶ。

かつて剣の師匠から譲り受けた一本の刺突剣《レイピア》は、この部屋の中で唯一、父から切り離された現実のように思えた。

生きていかねばならない。

食わねばならない。

そのためには、金がいる。

では働かなければならない。

平民のように働く術《すべ》を知らない自分が働くのであれば、それはたしかに迷宮しかないのだろう。

ミトロフは立ち上がった。

鞄と細剣を手にして部屋を出るときに、ふと振り返ってみた。生まれ、育ち、ここで生活をしていたはずなのに、ミトロフには離れ難く思う感慨もなく、それがかえってミトロフの胸を押し上がる寂しさになった。

扉を閉める。自分の中で、ひとつの区切りを付けねばならないと思った。

屋敷を出て庭園を抜け、石畳の道を進み、正門を前にして振り返ると、生まれ育った屋敷が一望できた。見送りはなく、止める者もいない。

ミトロフは下唇を噛《か》み、門を抜けた。もう振り返らなかった。

バンサンカイ伯爵家の領地は、王城のそびえる王都からはいくつもの領地を挟んでいる。王都との距離は権力の強さと比例する。しかし迷宮を有する飛び地——迷宮都市からは馬車で半日と離れていない。

ミトロフは領地の乗合馬車で平民らから奇異の視線を受けながら、夜には迷宮都市に到着した。

降り立ってまず感じたのは雑多な香りだった。

ミトロフはわずかに上向いた鼻をひくひくと動かした。

人と獣。食い物の焼ける匂いと香辛料。炭や毛皮、雨上がりの土……あまりに多くの匂いが混ざり合っている。

馬車の停留所には埋め尽くすほどの人、あるいは獣人や亜人がいる。それほどの人だかりの中に入ることは、ミトロフの人生で初めての経験だった。

通りがかった大荷物を抱えた老婆に、ミトロフは突き飛ばされた。その先にもまた人の波。巨軀《きょく》の獣人の腹に跳ね返され、真《ま》っ直《す》ぐに突き進む人の波に飲み込まれる。どこへ行くかも知れぬまま、しかし抜け出すこともできなかった。

迷宮都市の中にはいくつもの区画があった。住居区、商業区、執政区……街のもっとも奥に、迷宮区が存在している。

やがて道は広くなり、埋め尽くすような人の姿も減る。通りに並ぶ店に武器や防具が並び始め、冒険者の区域に入ったのだとすぐに分かった。

ミトロフは絶えずきょろきょろと首を振りながら道を進み、ついに冒険者ギルドへ辿《たど》り着いた。

迷宮ギルドでの手続きは簡単なものだった。すでにバンサンカイ伯爵が手続きを済ませている。冒険者カードも発行されている。ミトロフは署名をひとつするだけだった。

迷宮を探索するための基本的な講習を受けたが、その間にもひっきりなしに冒険者が行き来している。迷宮では朝や夜という区別がないようだった。

ミトロフは迷宮ギルドと提携している安宿を紹介してもらった。迷宮からそう離れてはいないが、部屋は狭く、粗末なベッドと椅子が一脚あるだけだった。椅子に荷物を起き、ベッドサイドに刺突剣《レイピア》を立てかけ、ミトロフはベッドに座った。体重に枠組みが軋《きし》み、すでに潰れきった中綿がさらに沈み込んだ。

薄い壁の向こうから、粗野な男の声と、女の嬌声《きょうせい》が聞こえる。

ベッドの布地を撫でるとゴワゴワと硬く、擦り切れ、黄ばんでいる。

貴族として育ったミトロフであるが、乳母であり世話役だった老婆から、よく平民の暮らしというものを聞いて育った。当時は御伽噺《おとぎばなし》のように感じたものだが、こうして必要に迫られて思い出すことがあるとは思いもしなかった。

ミトロフは荷物の中から取り出した金をベッドに広げ、残金を計算した。これ以上の金はない。

ふむ、と唸《うな》って、ミトロフは金をまとめた。鞄に戻し、代わりに紙袋を取り出す。

ギルドからこの宿に来るまでの通りで見かけた屋台で買ったものだ。

大きな丸パン、鳥のタレ焼き、果物の詰め合わせ。それに薄型の土器に入ったワイン。

ナイフでパンを割り、鳥肉を挟んだ。がぶりと嚙むと、パンが口の中でぼろぼろと崩れた。鳥の肉は筋張っているせいで嚙みきれず、苦味に似た臭みがある。タレはただ辛いばかりで、甘みや旨《うま》味《み》といった本来のソースの役割は期待できなかった。

「うまくはないな」

うん、と頷く。予想はついていた。だが、この味にも慣れなければ、と思う。

パンを開いて、ナイフで赤黒いタレを削《そ》ぎ落とした。カットされた果物の中から、香りの良い柑《かん》橘《きつ》を選び、その汁を絞って振る。

もう一度かぶりつく。爽やかな酸味がいくらか味わいを良くしてくれた。これ以上は文句も言えまい。

テーブルもなく、粗末なベッドに座り、両手で摑《つか》んで物を食う。隣の部屋の女の声はやまず、ごん、ごんと壁が鳴っている。

ミトロフは簡素な食事をぺろりと平らげると、懐からハンカチを取り出した。それで口を拭うと、綺麗《きれい》に畳んで戻す。

甘さなど微塵《みじん》もなく、酸味だけの果物をひとつずつつまみながら、明日からどうするか、と考えてみる。

迷宮に行く。金を稼ぐ。

死。

そうだ、自分は死ぬかもしれない。

そう思った瞬間に、口を満たす酸味が強烈な現実に変わった。

貴族としての怠惰な生活は終わったのだ。兄の予備として置かれ、ついに予備としての役目も見切りをつけられ、リンゴの芯を放るように、自分も捨てられた。それだけのこと。

果物を噛み締めながら、そのあまりの酸っぱさに、ミトロフは涙が込み上げてきた。

うぐ、うぐ、ぶひ、ふご。

嗚咽《おえつ》は止まらず、涙は溢《あふ》れて、それでも果物を食った。

兄がいる限り、未来のない人生だと分かっていた。伯爵家の三男など、使い道もない存在だ。旅に出るものもいれば、どこかで農民になる者すらいる。いつかはこの日が来ると分かっていた。

食うことだけが現実だった。何かを食べている間だけ、満たされた気持ちだった。

今、その現実の味は酸味だった。

汚い部屋。頼れる人もおらず。金もなく。明日には死ぬかもしれない自分だけがいる。

ぶひっ、ふぎぃ。

噛み締めた隙間から声が漏れる。

どん、と壁が叩かれる。

おい、うるせえぞ、豚でもいんのか。

くぐもった怒声にも構わず、ミトロフは泣いた。今日だけは泣こうと決めていた。

3

迷宮の正体を、誰も知らない。

古代に存在した文明が何らかの目的で作った遺跡、という認識が一般的だ。その果てを知るものはおらず、もう数十年、冒険者と呼ばれる者たちが挑み続けている。

迷宮の中には独自の生態系が築かれている。地上の生き物よりも凶悪であり、強靱《きょうじん》であり、そして人の生活の資源となり得る。魔物と呼ばれるその生き物たちの素材は実に有用で、迷宮ギルドはいくらでも買い取ってくれる。

だから食うに困った人間は、必ず迷宮に挑む。幾らかの金を手に入れ、今日を生き抜くために、迷宮に入る。

そして、死ぬ。

それでも誰も構わない。今日誰が死のうと、明日にはまた誰かが来る。そうして迷宮は続いている。

ミトロフは作業着に着替え、腰に剣帯を巻いた。突き出た腹を締め付ける圧迫感が苦しい。刺突剣《レイピア》を携えて迷宮ギルドへ向かい、受付で冒険者カードを提示した。そうして、迷宮への入り口を前にしている。

巨大な鉄の門である。それは貴族の屋敷を守る門扉よりもはるかに大きく無骨で、見上げるミトロフを圧倒した。門の脇にはギルドの制服を着た兵士が立っている。緊張感もなく、眠たげにあくびをしていた。

地下へと降りる穴の先は何も見えない。竜が大口を開けているように見える。その喉奥から冒険者たちが現れ、ミトロフの横を通っていく。また別の冒険者がミトロフを追い越し、顎門《あぎと》の中へ飲み込まれていく。

ミトロフは息を整え、身体のあちこちを叩いた。なにかを忘れているような焦燥感がある。

懐には食事用のナプキンとハンカチが入っている。貴族としての習慣として持ってきたが、迷宮でそれが必要になるとは思っていない。他に忘れ物はない。そもそも、忘れるほどの荷物を持っていない。

この穴に入らずに済む言い訳を探し、それがどこにもないことを認めてようやく、ミトロフは覚悟を決めた。

思い切り鼻から息を吐き、暗い迷宮に足を踏み入れた。今日の食事を得るために。

地下へ地下へと深まる迷宮であるが、浅階はすでに探索し尽くされている。

石造りの床にも壁にも人の手が入っている。通路の壁にはランタンが掲げられ、数多《あまた》の落書きが彫られている。それはほとんどが名前であって、ここに証《あかし》を残そうとする過去の冒険者たちの残り香だった。

地上からは緩やかな坂道になっている。かつては通路があったようだが、それを取り崩し、大広間にしてしまったらしい。広場には物売りが場所を取り、あちこちに据えられた三本脚の篝火《かがりび》が辺りを照らしている。そこは迷宮というより、夜の市場のようだった。売り子と冒険者の声が反響し、人の気配が溢れている。

その喧騒《けんそう》がミトロフの心を落ち着けてくれた。

市場を通り過ぎれば、地下二階へと降りる階段がある。一段一段を踏みしめながら、空気が変わっていくのを肌に感じた。

人の気配を上に置き去りに、身体は薄闇と静寂に沈んでいくかのようである。

階段は終わる。平坦《へいたん》な床が続いている。左右の壁に並ぶランタンだけが視界の頼りだった。

石で組まれた通路に、ミトロフは息苦しさを覚えた。今すぐに踵《きびす》を返して階段を駆け上がりたい。

青空が恋しくなっている。

知らず、ミトロフの呼吸は浅くなっていた。額にじんわりと浮かぶ汗は、暑さによるものではない。

手汗をズボンに擦《こす》りつけながらミトロフは歩き出した。

——魔物はどこからともなく湧いてくる。気を抜いた瞬間に死ぬと思え。

講習で指導員が言った言葉を、ミトロフは口の中でつぶやいた。

——まず地下二階で初心者が死ぬ。そこは、
ギャッ、という鳴き声。ミトロフは肩を跳ね上げた。喉を詰まらせながら飛び退《の》くように半歩下がり、咄嗟《とっさ》に腰から刺突剣《レイピア》を抜いた。

正面の通路の先。壁に掛かるランタンの赤い灯に、その姿が照らされた。

濃緑の身体は細く、身長は小人のようである。それでいて目はギョロギョロと大きく、瞳孔は縦に裂けている。鼻は潰れ、黄ばんだ歯の隙間から涎《よだれ》が糸を引いている。手に持った錆《さび》ついた短剣をぶらりぶらりと振りながら、それは近づいてくる。

「……ゴブリンの巣、か」

ごくり、と唾を飲む。液体のはずのそれが、石のように固い粒のまま、喉を通る。

柄を握る手がびっしょりと湿っていた。首の後ろが寒い。

この生き物は、自分を殺そうとしている。

その事実が、恐ろしい。

息を吐くような鳴き声とともに、ゴブリンが駆けた。

「っ、あ」

思わず後ろに下がってしまった。だめだ、と理性が言う。しかし本能が恐れていた。

飛び上がったゴブリンが短剣を頭上に振りかぶっている。

隙だらけだ。と理性が言う。

恐ろしい。と本能が叫んでいる。

身体は動かず、ただ、眺めていた。

そうか、初心者はこうして死ぬのか、とミトロフは理解した。

――トン、と。

ゴブリンの眉間に矢が突き立った。次の瞬間、ゴブリンは跳ね飛ばされるように後ろに転がる。

短剣が石畳を転がる金属音が響いた。ミトロフは呆気《あっけ》に取られて突っ立っている。

「おぬし、無事かの？」

と背後からの声。

ミトロフはゆっくりと振り返る。

そこに、青い目の少女がいた。宝石のように美しい輝きだった。

短弓を手に、背には矢筒。毛皮の服装は、冒険者というよりは森の狩人《かりゅうど》のようである。三つ編み

にされた銀髪は胸の前に流され、銀の耳飾りを揺らす長耳が見えている。森辺の民とも呼ばれるエルフ族だった。

「……あ、ああ、ありがとう。すごく助かった」

「なに、構わぬ。迷宮では助け合うものじゃろう」

見目は間違いなく少女のようで、声も鈴を転がすように軽やかである。だというのに話し方ばかりは奇妙に婆《ばば》くさく、ミトロフはいくらか戸惑うことになった。

「本当に助けてくれる人は、たぶん、多くない。きみは良い人だ」

「そうとも、われは良きエルフじゃ。こんなところで死ぬのはつまらん。気をつけての」

少女は慣れた様子でゴブリンに近づくと、突き立った矢を抜き、腰に吊るした端切れで鏃《やじり》を拭った。矢筒に戻して、腰元からナイフを抜くと、ゴブリンの左耳を削ぎ取る。ゴブリンの素材は利用価値がない。左耳を持ち帰れば討伐金だけがもらえる。

少女が去っていく背中を、ミトロフはただ見送った。

はっと思い出して、刺突剣《レイピア》を鞘《さや》に戻そうとするが、剣先が揺れて鞘口を叩いた。手が震えていた。

左手で剣先をつまんで、なんとか鞘に収めた。

床に錆びた短剣が落ちている。あのゴブリンのものだ。

それを拾い上げ、見つめ、壁に放り投げた。

ここで死ぬのはつまらない。

たしかに、あの子の言う通りだ、とミトロフは思った。

4

幼いころに剣術を習っていた。

それはまだ、父がミトロフに期待をしていたころの話だ。兄ふたりは文官寄りであったから、ミトロフには武官として、騎士隊などに所属させたいと思っていたのだろう。

雇われた家庭教師は粗暴な男だったが、ミトロフをよく鍛えた。

褒められた記憶はあまりない。厳しい男だった。

指導という名の打ち合いの中で、ミトロフの剣が男の服をかすめたことがある。その時だけ男は「悪くない」と笑った。思えば、ミトロフが誰かに褒められたのはあのときだけかもしれない。

父と侯爵家の茶会に行ったことがある。

貴族の子息同士の交流会でもあり、いわば社交の練習であった。そこで、剣に才覚があると評判だった侯爵家の嫡男と、模擬試合をすることになった。

ミトロフは容易に勝ってみせた。

これで父は喜んでくれる、褒めてもらえる。そう思った。

しかし家に帰ってから、ミトロフは父にひどく叱られ、頰を殴られた。

私に恥をかかせるな、と父は言った。お前はなぜ負けることができないのか、と。

それからもいくつかの出来事があったが、どれが原因になったのかは分からない。やがてミトロフは食うことに夢中になり、食っては眠り、怠惰に過ごし、やがて肉体は丸々と膨れた。

その贅肉《ぜいにく》が今、ミトロフの命を危険に晒《さら》していた。

ぜ、は、と。

喉の空気が熱く擦《かす》れている。

汗が止まらない。身体中が熱い。

ただの運動でなく、これは戦いだった。布の巻かれた棒ではない。真剣である。殺し合いなのだ。

緊張感が余計に体を重くする。今すぐに休みたくなる。

その怠惰に身を委ねたとき、自分は死ぬ。分かっている。それはつまらないことだ。

ギャア、とゴブリンが鳴いた。一直線に走り込んでくる。

ミトロフは刺突剣《レイピア》を身体の正面に掲げた。貴族としての決闘儀礼の構えである。それは幼きころに染み付いた所作であり、ミトロフの剣術の起点だった。

ゴブリンが棍棒《こんぼう》を振り上げる。

ミトロフは間合いを正確に見切り、一歩下がった。

棍棒が空を殴る。ゴブリンはその重みに体勢を崩している。
1、2、3。

剣の柄を胸元に引き寄せ。

狙いを定めて踏み込み。

貫く。

ひゅっ、と風切り音。ミトロフの記憶よりもずっと遅く、鈍く、美しくない。

けれど切先は狙い違わずゴブリンの喉を突いた。

瞬時に身を引く。ゴブリンが棍棒を振るう。しかし当たらない。自分で振った棍棒の勢いに負けて、ゴブリンの身体はぐるりと回転した。膝から崩れ落ちた。死んでいる。

「——ふうっ」

熱い呼気を吐き出す。ぴ、と剣を振って血を払い、眼前に掲げてから納刀する。命を奪った。それを忘れてはならない気がしている。

周囲を確認する。物音はない。安全である。

それからゴブリンの耳を削ぎ、腰に提げた小袋に入れる。これで三つとなった。

大丈夫だ、と自分に言い聞かせた。慣れてきた。戦えている。

蓄えた脂肪のせいで理想とは程遠いが、身体は動きを覚えている。

ギルドで購入した皮袋の水筒から水を飲む。ひどく温《ぬる》いが、身体に染み渡るように美味《うま》い。こんなに美味い水は初めてだった。

額を袖で拭いながら左右を確かめ、壁に背を預けた。

久しぶりの激しい運動のために、手足はじんと痺《しび》れている。身体の中は薪《まき》を入れたように熱い。頭の中は高揚している。迷宮という場所に、戦闘という行為に、揺さぶられている。

ぼくは冷静だ、と呟《つぶや》いた。

いや、冷静ではない。冷静でいるほうがおかしい。

だから、無理をしないほうがいい。今日はそろそろ帰るべきだ。

ミトロフは疲れていなかった。

今なら何度でもゴブリンと戦える気がした。

けれどそれがまずいと分かるのは、幼い日に手荒に鍛えられた経験があるからだ。張り詰めた意識、全身を燃やすような運動。そうすると意識は一度、疲労や苦痛を忘れてしまう。しかし蓄積はしている。だから意識の糸が緩んだ瞬間に、いっぺんに襲いかかってくる。

疲れが分かってからでは遅い。帰りの体力を残す必要がある。

よし、と決断して、ミトロフは身体を起こした。

そのとき、通路の先から慌ただしい声が聞こえた。とっさに剣の柄を握り、身を構える。

じっと耳を澄ますと、それはどうやら人の声らしい。走る音があって、廊下の曲がり角から飛び出してきた姿がランタンに照らされた。

二人組の青年だった。ミトロフとそう歳《とし》は離れていない。

彼らは走りながらもミトロフを見つけ、敵意はないと手を振った。それでも走ることはやめず、向かってくる。

「おい！　お前も逃げたほうがいい！　はぐれのコボルドだ！」

と、先頭の男が言う。

「エルフの女が相手をしてるが、長くはもたないぞ」

すれ違いざまに言い残して、男たちは通り過ぎていった。

ミトロフはその背を見送る。それから駆け足で通路の奥へ向かった。男たちが飛び出してきた角を曲がると、そこは広場になっていた。

エルフの女――ミトロフの予想通り、それは先ほど命を助けてくれた青目の少女だった。右手の短剣でコボルドの攻撃を捌《さば》いている。

押されている。

ミトロフは刺突剣《レイピア》を引き抜き、その間に走り込んだ。

5

「シッ！」

横手から突き込んだが、コボルドは俊敏に避《よ》けた。たた、っと軽やかに後ろに下がり、ミトロフを見る。ミトロフもまた、コボルドを見る。

ゴブリンよりはひと回り大きい。特徴的なのは顔だろう。犬、あるいは狼《おおかみ》だ。獣でありながら二脚で立ち、手には刃こぼれのした錆びた鉈《なた》を持っている。左肩には矢が突き立っていた。

「……おぬし、さきの男か！　早く逃げい！」

と、背後から少女が言う。

「迷宮では助け合うものなんだろう」

「あれはコボルドじゃ。本当なら地下四階に巣食う魔物。われらでは勝てぬ」

「だから諦めろと？」

「そう言うておる！　あやつはわれを狙っておるゆえ、今のうちに逃げいや！」

「なんだその自己犠牲」

思わず振り返る。しかし少女は表情も変えず、冷静にミトロフを見返している。

「ふたりなら勝てる。諦める前に挑戦すべきだ」

そんな言葉が自分の口から出ることが、ミトロフには驚きだった。もう何年も、そんなことを考えもしなかったのに。

少女は青い目を見開き、ぽかんとしていた。

「……おぬし、良い人間じゃの」

と少女が言う。

「ああ、良い人間なんだ。こんなところで死ぬのはつまらない。だろ？」

ふ、ふ、と。口の端からこぼれるような笑い声。

しからば、付き合ってもらうとしようか。

少女が言うと同時に、矢がミトロフの横を通った。

コボルドは頭をかがめて容易《たやす》く避けると、跳ねるようにミトロフに駆けた。ゴブリンとは比べ物にならない俊敏な動き。

ミトロフは眼前に刺突剣《レイピア》を掲げた。

集中しろ、と言い聞かせる。

一手間違えれば、死ぬ。

だからこそ、退《ひ》くな。前に出ろ。

長引けば勝てない。分かっている。自分の身体は怠惰の塊。動くには重すぎる。

コボルドが地を這《は》うような低さから鉈を振り上げた。

ミトロフは半身になって避けた。死が眼前を通った。冷たい風が背骨を凍らせる。

顔を狙うか——いや、違う。こいつは避ける。

それは直感だった。

狙いを瞬時に変え、ミトロフは腕を払うように剣を振るった。

それはコボルドが踏み込んだ右脚の膝を裂いた。すぐさまに、ミトロフはその場から横っ飛びした。

ビュ、と。鋭い風。

ミトロフの背後で矢を構えた少女が、開いた射線にすぐさまに撃ち込んだのだ。

コボルドはその矢を見ていた。飛びのこうとした刹那、ガクン、と身体が沈んだ。右脚の傷が動きを止めた。

矢はコボルドの胸に突き刺さる。

まだ、動く。

横合いでミトロフが剣を構えている。流麗な所作は貴族の決闘のようでいて。その細剣は鋭く、的確に、コボルドの首を貫いた。

同時に少女が放った二射目がコボルドの右目に突き立った。

残った左目から命の火が消える。

それをミトロフは見つめている。崩れ落ちる重みに、首から剣先が抜けた。

交差は一瞬だった。自分が死んでいたかもしれなかった。

生きている、と実感する。自分は今、命を燃やしている。必死に生きている。

熱く溶けた鉄が頭の中に流しこまれたような奔流に、ミトロフはぐっと歯を噛んだ。全身がゾクゾクと震えるほどの痺れ。それは一瞬で通り過ぎたが、全身が熱い。

見やれば、エルフの少女もまた身体を丸め、堪《こら》えるように顔を顰《しか》めている。

「……これ、が、〝昇華〟かの。なんとも」

少女が言う。

〝昇華〟。それは迷宮の中でのみ起きる現象だ。

「これでぼくらは、生物としてひとつ上の段階になったのか。実感がないが」

拳を握ってみる。前より強くなったという気はしない。

「昇華による変化が身体に馴染《なじ》むには時間がかかるという話だ。一晩も寝れば」

「明日には実感できるってことか。楽しみにしておこう」

ミトロフは剣を払い、鞘に収めた。

先ほどまでの熱情、命を賭けた緊迫感。

余韻も残さず霧のように消えてしまった。広場はただただ静かだ。

目の前に倒れ伏したコボルドだけが戦いの記憶を残している。

「改めて礼を言いたい。おぬしのおかげで命を拾った。感謝する」

エルフの少女はミトロフの前にやってくる。青い瞳は柔らかく細められている。

「いいんだ。コボルドを倒せたのはきみのおかげでもある」

「おぬしがすぐに射線を開いてくれたでの。われが狙っているのが分かったのか？」

「なんとなくそんな気がした」

どうして分かったのだろう、とミトロフは考える。

視線、だろうか。

幼いころから、ミトロフは他人の視線を意識していた。父が自分をどう見ているか、何を思っているか。あるいは兄、あるいは屋敷のメイドたち。

視線には独特の気配がある。自分に向けられていれば、分かるようになった。

あのとき、コボルドと戦いながら、エルフの少女の視線を背中に感じた。それは鋭く、刺すようであった。

「われらは、相性がいいのかもしれぬな」と、エルフの少女はぽつりと言う。

「おぬし、ひとりで探索を？」

「ひとりだし、初心者だ。今日、はじめて迷宮に入った」

「それは豪気なことじゃ。われは三日かかって、ようやく慣れてきたというに」

「きみもひとりで？」

「うむ。命を預ける相手を酒場や他人の紹介で見つける気にもなれぬでな。じゃが、今、見つけた」

と少女は言って、ミトロフの瞳をまっすぐに見据えた。

「われはグラシエ。スイッツの森に住む古きエルフの狩人じゃ。どうしてもこの迷宮の地下五階まで潜りたい。もしおぬしも信頼できる仲間を求めているなら、どうじゃろう。われとパーティを組まぬか。おぬしなら、われは信用できる」

青い瞳の視線を、ミトロフは読み取る。

そこには透明な光が灯《とも》っている。

不思議と、彼女が言うことにミトロフも同意できる。

「……ぼくはミトロフ。昨日限りで家から勘当された、元貴族の三男だ。ぼくも、君を信用できる気がする」

「なら、提案を受けてくれるということかのう」

グラシエはわずかに不安げな様子で小首を傾《かし》げる。白金の髪が肩からさらりと滑り落ちる。

ミトロフは頷いた。

「よろしく頼む。ぼくも迷宮を独りで探索するのは恐ろしかったんだ。グラシエがいると、心強い」

「良きかな」

と、グラシエは甘く微笑《ほほえ》んだ。

6

相談した結果、いちど迷宮を出ることにした。

ミトロフは初めての探索のために疲労していたし、〝昇華〟が身体にどう影響を及ぼすのかも分からない。ふたりの性格として、無理をしない、という点が同じであったのは幸いだった。

帰り道に三度、ゴブリンと遭遇した。

二度は遠距離からグラシエが射抜き、一度はミトロフが斬り捨てた。

ふたりでいることの心強さに、ミトロフは内心で驚いていた。

何かあってもグラシエに頼ることができる。

それは気の緩みでなく、不要な緊張感や焦りを取り除いてくれる。ゴブリンと戦うときですら、ミトロフは自分の動きから硬さが抜けたのを感じた。

地上に戻り、ミトロフは深く鼻息をついた。ずいぶんと長く迷宮に潜っていた気がしたが、実際には数時間のことでしかなかった。

「まずは帰還の手続きをするでな」

とグラシエが先導する。

目の前にあるずらりと並んだ受付では、迷宮への行きと帰りで二度の手続きが行われる。迷宮内で討伐した魔物の証の確認と、その素材の鑑定と買取を行ってくれるのである。

ゴブリンの耳による討伐報奨金をそれぞれが。コボルドについては折半という形になる。

ミトロフは小銭を受け取った。貴族としての感覚でいえば、幼子の小遣いにも満たない額だった。

それでもこれは、ミトロフが人生で初めて、自分の手で稼いだお金だった。手のひらに乗せた銅貨を見つめながら、形にできない奇妙な思いが込み上げた。

それは満足感、あるいは達成感と呼ばれるものだろうか。

言葉を知っていても、ミトロフがそれを体験することは初めてだった。

初めての感情を噛み締めるミトロフを横にして、グラシエがパーティ結成の手続きを進めている。

基本的にソロよりはパーティの方が死亡率が低い。ゆえにギルドはパーティでの探索を推奨していた。

「ミトロフ、カードを」

グラシエに言われ、ミトロフは懐からカードを差し出す。

ギルド職員は鉄型のプレートにカードを差し込む。引き出しを開けると、そこには細い軸先に文字が彫られた金型がぎっしりと並んでいる。

職員は慣れた手つきでひょいひょいと金型を拾い上げると、それをプレートの上部に並べて、固定した。レバーを力いっぱいに引き下げると、金型はプレートをがつんと挟んだ。カードを入れ替え、また文字を選び直し、同じように叩く。

ミトロフは返されたカードを見る。空白だった下部に、パーティ：グラシエ、と名前が刻まれていた。

「これでわれらはパーティになったというわけじゃ。パーティカードの必要ない簡易的なものじゃが、今はこれで良かろう。パーティ名は空欄にしておいたゆえ、そのうちに良きものを考えねばの」

ミトロフは頷く。自分以外の名前が刻まれたカードもまた、大切なものになった。

「さ、ひとまず食事じゃ。命を助けられたでな、ここはわれに奢《おご》らせてほしい」

「食事！」

ミトロフは急に欲を思い出した。空腹だ。そうだ、ぼくは腹ペコだったんだ！

「……失礼した。申し出はありがたいが、気持ちだけ頂こう。ぼくもきみに命を助けられた」

紳士たるもの、淑女から施しを受けるわけにはいかない。幼いころからの教育の賜物《たまもの》である。ミトロフは澄まし顔で凛々《りり》しく応えた。

ちょうどそのとき、ぐううう、と腹が大きく鳴り響いた。ミトロフは頬を染める。どれほど貴族としての教育を受けても、ミトロフは15歳の少年である。おなじ年ごろの、見目麗しい女性を前にすれば、見栄《みえ》を張りたいものである。

グラシエは気にした様子もなく笑った。口元を隠しもしない笑い方は、貴族の子女であれば粗野と眉を顰《ひそ》めるものであったが、ミトロフはその飾り気のない笑みに見惚《みと》れてしまった。

「そうよな、われも空腹じゃ。思いきり食べよう」

ギルドの建物内にはひと通りの施設が用意されている。もちろん食堂もあって、そこでは食用可能と判定された魔物の肉や、迷宮内で発見された食材が提供されている。

ふたりは食堂に入った。空いた席を見つけて注文を済ませる。メニューの種類は多いが、懐の事情というものもある。ゴブリンとコボルドでは、豪遊とはいかない。

それでもふたりは、鳥肉を甘辛く炒《いた》めたもの、きのこと野菜のシチュー、ひと瓶の赤ワイン、丸パン、ナッツの入った色鮮やかなサラダを頼んだ。ささやかでも祝杯である。

木のカップで乾杯をして、ミトロフはワインを飲む。ただ渋く、ただ苦く、葡萄《ぶどう》の香りもろくに感じられないような安ワインだった。だが、美味い。疲れた身体に染み渡り、酒精が緊張をほぐし、精神を癒してくれる。

昨日までは清潔なリネンの食卓に座り、透けるほど薄いガラスのワイングラスを傾けていた。それが今では、傷と汚れが染み込んで床も傾いた大衆食堂で、粗末な木のカップを手にしている。並ぶ食事は何の肉かも、誰が作ったのかも分からない。

だが、それに何の不満があるだろう。

今日を生き残った。自分の力で。そして稼いだ金で、自分の飯を買う。誰にも文句は言われない。そんな生き方があるのだと、ミトロフは今日、初めて知った。

ミトロフはあっという間に食事を終える。貴族としてのテーブルマナーは身体に叩き込まれている。食べ方はあくまでも上品だった。粗野な冒険者が多いギルドの食堂では目立つほどだった。

ミトロフは腹を撫でる。

まだまだ足りぬほどに空腹だった。それでも、これからの生活を考えれば、欲に任せて食べたいだけ食べるような生活は変えなければならない。

「ミトロフ、われに遠慮せず追加を注文するとよい。おのこはたくさんの食事をするものじゃろう」

「気遣い、感謝する。でも、いいんだ。この贅肉をなくさないと、戦うのにも邪魔だからな」

言って、ミトロフはぽっこりと膨らんだ腹をつまんだ。

堕落した生活を象徴する重りである。何をするにも邪魔な塊は、あって得をすることがない。動きは阻害され、食費はかさみ、服のサイズも大きくなる。

「この機会に、ぼくは痩せようと思う」

「そうか。それは良い心がけじゃ」

頷くグラシエに返事をするように、ミトロフの腹がぐうぐうと催促する。

ミトロフは真顔を維持した。

グラシエも真顔で見返した。それから手をあげて従業員を呼ぶと、肉料理を追加した。

ミトロフは仕方なく、そう、グラシエの好意を無駄にしないために、断腸の思いで、ぺろりとすべて平げた。

働いたあとの食事は最高なんだな、とミトロフは思った。

7

地下三階へと続く暗い階段を降りながら、ミトロフは刺突剣《レイピア》の柄を指で探り、滑り止めのために巻かれた革が緩んでいないかを確かめている。

昨夜グラシエとギルドで解散して安宿の部屋に戻ると、ミトロフはすぐに寝入った。疲労は思ったよりも身体の芯に溜《た》まっていたらしく、夢も見ないほど深く、長い眠りだった。

起きたときには昼も間近で、それはグラシエと打ち合わせた集合時刻まで間もないことを意味した。慌てながらも、貴族としての習慣である身支度は怠らず、ギルドまで駆けながら道中の屋台で軽食を腹に詰め込み、こうして迷宮に潜っている。

引き続いて二度目の迷宮探索となるが、昨日と違うのは、同行者がいるということだった。

ふたりで挑めば、ゴブリンの相手は容易いものだ。

狩人であるグラシエの弓の腕前は優れている。ミトロフも貴族の嗜《たしな》みとして弓での狩りを身につけているが、比較する気にもならないほどである。弓の才がないのを自覚しているのを抜きにしても。

灯《あか》りに乏しい迷宮内だというのに目も鋭く、通路の向こうに一方的にゴブリンを見つけては、静かにその頭を射抜いてしまう。

ここまで、ミトロフは剣を抜いていなかった。探索は順調そのものだが、身体を慣らす間もなく未知の地下三階へと降りることに、少なからず不安を感じる。

「地下三階にはどんな魔物がいるのだろう。きみは知っているか？」

先を降りるグラシエの後頭部に声をかける。手にしたランタンが揺れるたびに、石の壁に影が延びて、縮む。グラシエは振り返らず、返事だけがあった。

「ゴブリンと、ファングと呼ばれる小型の狼がおる。基本的に単独で行動するものらしいがの、優れた個体が群れを統率していることもあると聞いた。一度、われも出くわしてのう。これは荷が重いと分かってすぐに引き返したのじゃ」

「群れか。それはちょっと怖いな」

「できるだけ逃げるほうがいいであろうな」

どれほどの群れかにもよるだろうが、いかに小型といえど狼である。

父に連れられて訪ねた貴族の屋敷で、飼われた狼を見たことがミトロフにはある。それは愛玩動物だったが、同時に侵入者避けでもあった。あの狼に囲まれては、生き残ることは難しいだろう。

ミトロフの背がぶるっと震えた。

「そういえば、〝昇華〟の影響はどうじゃ？　痛みや違和感は残っておらんか？」

「忘れてた」

昨日、コボルドを倒したことで、ふたりは〝昇華〟と呼ばれる成長を得ていた。

ミトロフは目の前で拳を握ったり、腕を回してみたりと確認するが、大きな変化はないように思える。

「なにか変わったようには思えないが、本当に〝昇華〟が起こったのだろうか」

「われは力が強くなった。筋力が増した、というべきかの。それに身体の中に活力が満ちているような感じがしておるぞ」

なるほど、と頷いてみる。

グラシエが言うのであれば、間違いなく〝昇華〟の影響はあるのだろう。ミトロフ自身がまだ感じ取れていないだけかもしれない。

階段を抜けると、そこにはちょっとした広場があった。左右に通路が伸びている。階段まわりは魔物に狙われやすいために、先人たちが念入りに拠点を固めてくれているようだった。

鉄製の篝火台がいくつも持ち込まれ、部屋を明るく照らしている。

冒険者というよりは武器を持った商人らしい出立《いでた》ちの男たちが敷布を広げ、傷薬や携帯食、ランタンの燃料などを売っていた。壁際で休憩している冒険者たちも見える。

賑《にぎ》やかとは言えないが、静まり返った寂しげな空間でもない。

もっと深く潜るようになれば、こうした広場での商人や、他の冒険者との物々交換にも頼ることになるだろう。

今はミトロフもグラシエも広場を素通りし、右側の通路に踏み込んでいく。

見かけは地下二階と代わり映えがない。石造りの壁と床。後から壁に据えられたランタンが廊下の先までを点々と照らしている。

見通しが良い廊下に魔物の影も見えないのは、先に踏み込んだ冒険者たちに掃討されているのかもしれない。

「魔物は、限りがあるってわけじゃないだろう?」

ミトロフは先を歩くグラシエに訊《き》いた。

「何度となく殲滅《せんめつ》しても、どこかから湧いてくるらしいの」

「変な場所だ」

「なに、森とて同じよ。われらが知り得るのは世界の一端でしかないのじゃ」

言葉尻に繋《つな》ぐようにして、グラシエが「待て」と足を止めた。

「あれがファングじゃ。闇に息を潜めておるわ」

グラシエは腰を落とし、背負った矢筒から矢を抜いた。弓につがえる。

ミトロフには分からないが、エルフの狩人の鋭い青瞳には、廊下の先で獲物を待ち構える狼が見えているらしい。

ひゅ、っと風を貫く音が鳴った。

壁に掛けられたランタンの灯りを弾《はじ》きながら、矢は暗闇の一角に吸い込まれる。呻《うめ》き声《ごえ》のような低い悲鳴が聞こえたかと思うと、灯りの下《もと》に飛び出したファングがもんどりを打った。

首に突き立った矢を噛もうとしてぐるりと顔を背ける。しかし届かず、その苛立ちを背負って、猛然とこちらに向けて走ってくる。

ミトロフは刺突剣《レイピア》を抜き放って前に出た。

グラシエも護身として短剣の心得があるが、本職は弓である。索敵し、先制を食らわせる。それからミトロフが前衛を務める。

昨夜、食事をしながら話し合った作戦である。

ここまではグラシエの卓越した弓術によってミトロフの出番はなかったが、ついに来た。

ファングは地を這うように走る。速い、とミトロフは唸る。

距離があるからこそ落ち着けるが、近距離まで接近されると、あの速さに振り回されてしまいそうだ。身体の重いミトロフとは相性が悪い。

ミトロフは気合を入れて、剣先を前に置いた。半身となって左手を腹の前に添え、重心を傾ける。

刺突剣《レイピア》は貴族の剣。

古い時代、貴族は己の誇りと命を懸けて決闘裁判のためにこの剣を振るった。鋭く、長く、細い剣身は、柔なようでいて打ち合うこともできる。両刃ゆえに切り払いもできるが、本領は刺突にある。鋭く最短の点を撃ち抜くその剣技は、一撃必殺を探求した技術である。

ファングが近づいてくる。

ミトロフは柄を引いて胸元に寄せた。切先はブレず、ファングに狙いを定めている。緊張と不安のために、ミトロフの鼓動は加速している。手がじっとりと濡《ぬ》れている。

この一撃を外せば、ファングは自分の喉元に食らい付くだろう。

恐怖を感じている。

恐怖を感じている自分を、眺めている。

まるで別々の自分が存在する感覚。しかし身体はひとつきりで、恐怖に固まることもなく、思う通りに動くことが分かっていた。

三メートルはある距離でファングは跳んだ。鋭い牙が並んだ口を大きく開き、ミトロフの急所を狙っている。

黄色く濁った瞳を、ミトロフは見据えている。

ととん。

ステップを踏む。それは自分と相手の間合いを整えるための歩法である。

ミトロフは空中にいるファングの横手に回るように調節し、膝をわずかに落とした。踏み込む力と、重心の移動を合わせて、膝を跳ねる。腕を伸ばす。剣は点を押し出す。

手応えがある。

ファングの下顎から刺しこんだ刺突剣《レイピア》はその頭を貫通した。

ミトロフは素早く剣を抜く。

ファングは跳んだ勢いのまま、ミトロフがいたはずの場所の空を切って地面を転がった。

弓に矢をかけたグラシエがファングの様子を睨《にら》む。

野生の獣は手負いがもっとも危険だ。仕留めたと確信していたとしても、迂闊《うかつ》に近づかないのは狩人の鉄則だった。

通路に静寂。

それからグラシエがそろそろと近づき、ファングを確認する。

死んでいた。

「一撃か。見事な腕前じゃな、ミトロフ」

「ぼくも驚いた。昨日はゴブリン相手でも、もっと焦りや恐怖があったんだ。でも、今はすごく冷静だった」

「昨日とは違うのか。慣れた、ということではなく？」

「ああ。昨日とはまるで違う自分がいるようで……あ」

そして思い至る。

「これが〝昇華〟の影響、か？」

「力ではなく、精神に変化が起きた、ということかの」

なるほどのう、とグラシエは頷いた。

ミトロフには自分の肉体的な力が急激に増したという感覚はない。だが、今の冷静さは、ミトロフにとって大きな実感をともなう変化だった。

ミトロフは剣から血を振り払うと、鞘に納める。

心臓はまだ早打っていて、今になって手が小刻みに震えていた。

ふたりはファングの死体から剝ぎ取りを行う。ファングの毛皮や牙、内臓の一部などが買取の対象となっている。しかし毛皮を剝ぐには手間がかかるし、内臓を得るためにはここで解体する必要がある。

「大人数のパーティにもなれば、専門の解体人や荷運び人《ポーター》を雇ったり、荷車を持ち込んで丸ごと持ち帰ったりもすると聞くがの。今のわれらには重荷になるだけじゃ。討伐証明の牙だけをもらっていくしかないの」

それからも数度、ファングと剣を交えた。

たいていはグラシエが先に発見し、矢で先制を奪う。一発で仕留めることもあるし、距離があれば二矢で動きを奪い、ミトロフがとどめだけを行うこともあった。

通路の曲がり角の先に小部屋があり、そこでは三頭のファングが群れを作っていた。

群れを発見したら逃げる。

事前にふたりはそうした取り決めをしていたが、今回は状況が悪かった。角を曲がるなり、偶発的な鉢合わせになってしまったのである。

逃げるには距離が近い。こちらを見つけている凶暴な獣に背を向けて逃げることは悪手だと、狩人のグラシエは身に染みている。

「ミトロフ、逃げられぬ！　やるぞ！」

素早く決断したのはグラシエだった。戦うしかないと見切ったのであれば、素早く先制を取るしかない。

流れるような動きで矢を二本取り、連射した。

グラシエは舌打ちした。放った瞬間にどこに当たるかは分かる。グラシエの身に起きた筋力強化の〝昇華〟のために、意識と弓を引く力にズレが生じていた。弓とは強く撃てば良いものでもなく、不要な力を込めるほど狙いはブレる。

狙った標的は手前にいた二頭である。一矢は頭に、もう一矢は脚に命中する。一頭は倒れ、もう一頭は後ろに下がった。

後ろにいた一頭はひと回りも身体が大きい。それが群れのボスである。駆け出した動きはこれまでにないほど素早い。

グラシエはすぐさま矢を抜いて一射する。しかしその矢をボスファングは避けた。床を滑るように近づいたボスファングは牙を剝《む》いた。ミトロフが剣を抜いて前に出ている。

ミトロフは動きを冷静に見つめていた。どう身体を動かすべきかを考える余裕もある。

横手に回るのが最もやりやすい。これまでの戦闘で身につけた動きで、ミトロフはステップを踏んだ。

ボスファングの噛みつきを避け、横合いから顔に向け刺突。

が、避けられる。ボスファングは跳ねるように横に飛び退いている。

「ミトロフ、気をつけろ！」

前傾に身体が伸びたミトロフに、後脚に矢を生やしたファングが飛びかかった。ボスファングの後ろに続いていたのだ。

やられた。ミトロフは舌打ちする。

ボスファングは最初からミトロフを仕留める気がなかったのだ。体重を乗せた突進でなかったために、ミトロフの反撃を容易に避けることができた。こちらの攻撃を誘い、その隙にもう一頭が喰《く》らいつく。

まさに群れとしての狩りである。

ファングは牙を開き、剣を持つミトロフの腕を狙っていた。

痛みを覚悟して歯を食いしばったその時。

「動くでないぞ」

とグラシエの鋭い声。

〝昇華〟によって強化された精神のおかげで、ミトロフはグラシエの言葉に従うことができた。

矢が掠《かす》める。

ミトロフの眼前を一筋のきらめきと風が横切った。腕のわずか上を過ぎた矢は、牙を剥き出しにしたファングの鮮烈なまでに赤い口内に突き立った。ファングは頭を跳ね上げて回転しながら地面に落ちる。

助かる……！

ミトロフはすぐさま腕を引き、体勢を整える。

ボスファングはすでに追撃にきている。

逃げることよりも戦うことを選んだのは、迷宮に住まう魔物としての本能だろうか。ミトロフを獲物として容易いと見たからか。

ミトロフはボスファングと真正面から対峙《たいじ》した。

右斜め前に刺突剣《レイピア》を払い、眼前に掲げる。貴族としての決闘の儀礼であると同時に、ミトロフの意識を鋭く研ぐ動作だ。

狙い定めるように切先をボスファングに向ける。そのときにはもう、ボスファングは飛びかかっている。

ミトロフは足を捌く。幼いころに教え込まれた動きを身体が覚えている。牙を避け、横に位置をとる。

ボスファングが一瞬前にミトロフがいた場所へ着地する。前足の爪が地面に噛んだ瞬間に、ミトロフは刺突剣《レイピア》を突いた。

一刺。

それはボスファングの首を貫通する。厚い皮と硬い筋肉の手応えが重い。

ミトロフの方が押し負けそうになる。ボスファングが暴れれば剣をもぎ取られてしまいそうだった。

ゆえに、突いた剣は同じ速さで抜き戻さなければならないのだ。

ミトロフは肘を引く。

剣先がボスファングの首から抜き放たれ、赤い血が噴いた。

動脈を断っている。

しかし、ボスファングはまだ生きている。

四肢で地面を握り、首を振り、ミトロフに飛び掛かった。

ミトロフは避けなかった。自分の重すぎる身体では無理だ、と悟っていた。

脚を踏ん張り、覚悟を決め、細剣を突き出した。

剣はボスファングの口中に突き立った。その勢いは止まらない。剣に貫かれながらもボスファングはミトロフに食らいつこうとする。

牙が暴れる。ミトロフは柄を強く握りしめた。

どん、と衝撃がきた。

ミトロフはボスファングの体当たりを受けて立った。右足が浮いた。跳ね飛ばされそうになって、堪えた。だん、と、強く右足を踏み込んだ。

剣ごと押し込まれたために、右腕の肘は胸に引きつけられている。

眼前に涎を引いた真っ赤な口が開いていた。

獰猛《どうもう》な唸り声と共に首を振る。剣はさらに食い込み、暴れ、牙が護拳に喰らい付いた。

歪《ゆが》んだ獣の顔。その瞳。ミトロフはじっと見据えている。

最後に荒い呼吸を残して、ボスファングはだらりと崩れ落ちた。

8

ミトロフは刺突剣《レイピア》を抜いて、思い出したように息を吸った。心臓が急激に鼓動を速めた。額に背中にと汗が噴き出している。

「ミトロフ！　無事か？」

グラシエが駆け寄ってきた。

ミトロフは頷いた。

グラシエはミトロフを庇《かば》うようにして下がらせると、ナイフを手にしてボスファングの様子をうかがう。呼吸もなく動かないことを確かめて、改めてミトロフと向き直った。

「怪我《けが》は？」

ミトロフは自分の身体を確かめた。暴れた爪と牙がかすったらしい。服のあちこちが裂けているが、血が見えるのは右腕の肘にある引《ひ》っ掻《か》き傷《きず》だけだった。戦いの興奮のためか、痛みがないのが不思議だった。

「……危なかった。すごい執念だった」

「獣は死に際がもっとも恐ろしい。それにしたってどうして剣を放さなかったのじゃ？」

傷を押さえながら、たしかにとミトロフも思う。

ボスファングの口に刺突剣《レイピア》を突き刺したあと、手を放すことはできた。しかし意識するよりも早く、手は柄を握りしめてしまった。

「昨日も話したけど、ぼくは貴族だ。貴族は決闘をする。剣を放したら、決闘は負けなんだ。初めに教え込まれるのは、死んでも剣は放すな、なんだよ。貴族にとっては命より名誉が大事なんだ」

グラシエはひどく理解し難い、という風に眉を顰《ひそ》めた。呆《あき》れた、とでも言いたそうだった。

「名誉を大事にするのは分かる。じゃが、魔物はおぬしの名誉など考えはせぬぞ。その調子では命がいくつあっても足りぬじゃろうて」

「分かってる。これからは気をつけよう」

ふう、ふう、と鼻息も荒く、ミトロフは頷いた。顔中から汗が止めどなく流れている。

「……それに、もう少し贅肉を落とした方が動きやすかろうの」

と、グラシエはひどく真剣な目で言った。

要は痩せろと言っているのだが、それはみっともないと馬鹿にするのではなく、戦うのに邪魔だろう、という合理的な判断によるものだった。

だからこそミトロフも、それは確かにと受け入れる。

腹回りについたたっぷりとした贅肉は、自分の足元すら見えない。ステップを踏むのにも動き出しは遅いし、踏み込みにも間ができる。

刺突剣《レイピア》という武器と、この重量級の身体の相性は抜群に悪いのだ。

「……でも、ほら、この重さのおかげで、ボスファングの体当たりにも押し負けなかったからな」

言い訳のように言ってみる。

重さは力である。もしこの贅肉がなければ、ミトロフは容易に弾き飛ばされ、今よりも重傷を負っていたかもしれない。

グラシエもそこは認めつつも、

「その戦い方は盾役《タンク》の仕事じゃろう。そうなりたいのか？」

「……保留しておこう」

たしかにこの体型はパーティの盾となって魔物の攻撃を堰《せ》き止めるのに向いている。問題はミトロフにその技術や心構えがいっさいないことだ。

貴族としての決闘剣術を習い覚えたミトロフにとって、攻撃とは避けるものである。ただ、贅肉が邪魔をして、そうできなかっただけで。

痩せるか、戦い方を変えるか。

このまま迷宮に挑み続けるのであれば、その方向性は考えなければならないだろう。

ミトロフの息が落ち着くのを待ってから、ふたりは三頭のファングから牙を回収した。ボスファングはひときわ立派な毛皮をしている。持ち帰れば良い価格になるだろうが、巨体ゆえに、毛皮を剝ぐのもかなりの手間になる。

「ボスファングとはいえ、毛皮を剝ぐ時間で他の小物を倒すほうが効率がいいじゃろうな」

とグラシエは言う。

「きみは無念そうだな」

「いや……そう、じゃな。ミトロフが貴族の誇りによって剣を手放さなかったように、われにも狩人の誇りがあるのかもしれぬ。狩った獣から牙だけを奪い、あとは放置するというのは、どうも得心できぬ。むずむずする。解体したい」

ごく真剣な顔で言うので、ミトロフは何も言わなかったが、ちょっと引いた。彫刻のように整った容貌の少女が、真顔で口にすると奇妙な迫力が生まれる言葉だった。

ボスファングを置いてその場を離れ、通路を曲がる際に、グラシエはボスファングがいた辺りをじっと見据えた。

「やはり戻るか？」

「……いや、良きかな。こうしてわれたちが獲物を残すことで生きる者もおる」

「どういうことだ？」

「見えぬかの」

言われてミトロフも目をこらすが、通路の暗闇は深く、ボスファングの死体さえどこか分からない。

「〝落ち穂拾い〟と呼ばれる者らじゃ。怪我をした冒険者や、職を失ったが魔物とは戦えない人々があぁして打ち捨てられた魔物を糧にしておる」

なるほど、と頷きつつ、ミトロフはじっと探してみる。やがて壁にかかったランタンの灯りに、人影が映ったように思える。

冒険者たちが持ち帰れずに置いていった魔物の死体。それを活用して生活の糧にする者もいる。それもまた迷宮という場所を構成する歯車のひとつなのだろうとミトロフは理解する。自分の力だけで生きるというのは、簡単なことではない。

「行こう」

グラシエが先導し、ミトロフは付いていく。

自分がいつ〝落穂拾い〟になるか。その仮定は冷たい現実味を持ってミトロフの胸に落ちた。

9

もう一度、ボスファングを見つけた。しかしその群れは六頭で構成され、ふたりが打ち倒したファングに比べても身体の大きな個体ばかりだった。

幸いにも、グラシエが優れた視力で先にそれらを見つけたために、戦闘を回避することができた。

階下へ続く道を塞ぐように群れがいたため、ふたりは道を折り返すことにする。体力にはまだ余裕があったが、余裕がなくなってから帰り道を辿っては命が危うい。

迷宮探索においては、何よりもまず、余裕と安全を優先することが大事だ、とグラシエは語って聞かせた。

ミトロフも異議はない。

ファングとの戦いで何度も危うい目にあった。どれもが命の危機であり、一瞬の油断によってどんな怪我をするかも分からない。

なにより、長年の怠惰な生活によって弛《たる》みきった身体は、すでに疲労でぐったりと重くなっていた。

「そろそろ、装備を買い足した方が良かろうな」

と、帰りの道中でグラシエはミトロフに振り返った。

「装備？」

「ミトロフは前衛で戦っておる。それだけ怪我を負う危険性も高い。防具が必要じゃろうて」

ミトロフは自分の服を見下ろした。それは庭師が使う作業着だった。庭木の手入れでは鋭い棘《とげ》もあるし、剪定《せんてい》のために鋭い刃物を使う。怪我に備えた厚い生地でできている。ミトロフが着慣れたリネンのシャツに比べれば着心地は最悪だが、身を守るには悪くない。

「身軽なほうが助かるが……鎧《よろい》でもあったほうがいいのかな」

「ミトロフの体型に合う鎧というのは、難しかろうな。それに高かろう。急所を守る皮か、それこそ盾があっても良かろうや」

盾か、と思案して、ミトロフは顎肉を揉《も》んだ。

ファングもゴブリンも素早く、鋭い一撃は脅威だ。万が一のために防ぐという選択肢があるのは心強い。

「迷宮での滞在時間が長くなれば、休息のための道具も必要じゃろう」

「冒険者は迷宮で寝泊まりをするのか？」

「深くまで潜ると、そうなるのう。資金に余裕のあるパーティは縦穴を使うと聞くが」

「縦穴？」

「ギルドが管理する抜け道みたいなものらしい。深い階層まで一気に降りられるという」

「すごく便利だ」

「じゃがの、利用するためにはギルドが定めた資格を満たすだけでなく、それなりの利用料までかかるというからの。常用するのは上位のパーティの特権じゃ」

冒険者という枠組みの中でも、階層構造は生まれているらしい。金と権力を持つものが特別扱いされるのはどこも同じだ。

「いつかは使いたいものだ」

「そう、いつかはの。それまではこの二本の脚で歩くしかない」

ふたりは帰途にも数回の戦闘を危うげなくこなし、迷宮から出た。昨日と同じように受付で討伐品を査定してもらう。

ボスファングの牙が、やはり高い。ずいぶんと戦ったように思うが、査定額は「そんなものか」

と少し気持ちが寂しくなる額だった。

窓の外では日が暮れ始めていた。

ふたりは食堂で夕食をとりながら、今日の反省と明日の打ち合わせを行った。

疲労もあるし、装備を整える必要もある。明日は休息にし、必要な物資を探すことに話が落ち着いた。

「資金はあるか？」

とグラシエが言う。

ミトロフは頷いた。

無駄使いをするわけにはいかないが、実家からもらった金はある。それは支度金という名の手切金だ。

「われらはパーティじゃ。支払いの半分はわれが出そうと思うのじゃが」

「それは、どうなんだろう。冒険者の規則なのか？」

ミトロフは少し迷って、おずおずと訊《たず》ねた。

ミトロフとしては遠慮しようと思っている。しかし冒険者という人々からすると当然のやり方なのかもしれず、固辞することはかえって不作法なのかと考えた。

「他の冒険者は知らぬが、パーティはそうして助け合うものだと教わった」

「教わったって、誰に？」

「父じゃ。昔、冒険者をしておった。父が言うには、パーティに所属する者は収入から一定の金額を出し合って貯蓄し、それを使って共有の資材や装備を買い揃《そろ》えるという」

「なるほど。合理的だ」

「今はまだ大した収穫にもなっていないが、これからはそうした方が良いとわれは思う。ミトロフはどうじゃ？」

「ぼくも賛成だ。グラシエも装備を買うならぼくも半分出そう。それから、食費はぼくが多めに負担する。これは絶対だ」

ミトロフの冗談に、グラシエはくすくすと笑った。

10

昼を過ぎるまでぐっすりと寝てから、ミトロフはグラシエと合流した。

街を歩きながら、ミトロフは興味深く周囲を観察していた。なんとも人が多く、ミトロフは何度も対向してくる人とぶつかりそうになった。

「街がそんなに物珍しいかの？　おぬしの国じゃろう」

「あんまり外に出たことがないんだ」

幼いころ、父に連れられて伯爵家の領地を巡った記憶がある。迷宮都市ほどに賑わっていた場所はなかった。

　そもそも、ほとんど邸宅の中で引き籠もるように生活していたミトロフにとって、商業区の騒然とした活気や人混みは、それだけでも未知の経験である。

「これ、迷子になるでないぞ」

　ふらふらと覚束《おぼつか》ないミトロフに、グラシエが苦笑する。

「グラシエは森からやってきたのだろう？　ずいぶん慣れてるみたいだ」

「昔からここには出入りしておったからな。狩猟した物を売るにも、生活品を買うのにも、われがよく担当しておった」

　グラシエの足取りには慣れが見える。人混みの隙間を縫うようにすらすらと歩く。

　ミトロフはグラシエのすぐ後ろをついていくのが精一杯である。

「今日はおぬしの防具と、われの矢の補給をしよう。あとは、そうさな、剣の手入れはどうする？」

「そうだ、それも必要だ」

　今まではろくに使ってもいなかった刺突剣《レイピア》である。油を塗って磨くくらいの手入れで事足りていた。

　しかしここ数日で魔物を切り、刺し、ゴブリンの持つ鉄の武器を弾いてきた。欠けや金具の緩みなどがないかは不安になる。確かな目を持った職人に手入れしてもらいたい。

「ならば鍛冶区まで足を伸ばそう。あの辺りにはドワーフが多い」

「やはり鉄といえばドワーフか？」

「そうじゃな。無骨で無口で偏屈なものばかりじゃが、鉄を打つ腕は良かろう」

エルフとドワーフは仲が悪い、という話を、いつか書物で目にしたことがある。

それは実際どうなのか、と訊いてみたいと思ったが、ミトロフは黙っておいた。

大通りから離れると人の数は空《す》いていく。鍛冶区に入れば、道を歩くのは一目で冒険者と分かる者ばかりになった。

通りには武器防具を扱う店が構えられている。伝手《つて》も心当たりもない以上は、そのどれかに入って品物を見て判断するしかない。

とりあえず、手近な店に向かう。グラシエが後ろから「あ、これ！」と呼び止めてくるが、ミトロフは気にしなかった。

周りに比べていっとう立派な店構えである。出入り口には扉係が立っており、ミトロフが近づくと、扉を開いた。中に入ると、見栄えの良い武具が壁に飾られている。店内の装飾にも金がかかっている。金持ちが従者や護衛に武具を揃えるための店なのだとすぐに分かった。

隙なく身なりを整えた男が寄ってきた。

「本日はどういった御用でしょう？」

「防具が見たい。それと剣の手入れも」

「それでしたら当店で間違いがございません。防具は、従者の方に？」

「いや、ぼくが」

「……は？」

きょとんとした顔をされて、ミトロフも同じ顔を返してしまう。

従業員はさっとミトロフの全身を眺める。ミトロフは視線の意味と動きをしっかりと理解した。

今のミトロフは家を出たときの服装である。簡素な服だが、素材も仕立ても金がかかっており、知識のある者からすれば身分は明白だった。

貴族は剣を求めるが、自分で防具を身につけたりはしないものだ。

ミトロフはしまったな、と鼻を掻いた。

「……いや、ちょっと用事を思い出した。出直そう」

と告げて、さっさと退店する。

すぐそこでグラシエが待っていた。

「習慣というのは恐ろしいな。まだ貴族の気分だった」

「このような店に迷いもなく入っていくから、われのほうが怖気付《おじけづ》いてしもうたわ。おぬし、本当に貴族だったのじゃな」

「今のぼくには不相応な場所だった」

貴族というのは金に頓着がない。いかに見栄を張り、いかに自分を着飾り、周囲へ価値を見せつけるかが重要なのだ。

幸か不幸か、三男だったミトロフはそうした価値観に従って好き放題に金を使う立場にはなかった。

しかしそれでも、一般的な平民にとっては高価な物をためらいなく消費していたのは間違いないだろう。特に、食に関しては。

「グラシエ、適当に店を選んでくれないか。ぼくは相場が分からない」

「良きかな」

頷いて、グラシエはひとつの店を選んだ。

11

グラン工房、と看板が掲げられている。

入ってみると、こじんまりとしているが、よく片付いている店である。

店内はほとんど土間で、壁に見本かのように剣や小型の刃物が飾られている。奥からはカン、カン、と金属が打ち鳴り、今まさに鉄が鍛えられているようだった。

「あ、いらっしゃいませ！」

と、薪を抱えた少年がふたりに気づいた。薪をそばに下ろすと駆け寄ってくる。

「どんなご用でしょう？」

「剣の手入れと、軽い防具を探しているんだ」

「手入れというのは観賞用でしょうか」

さっとミトロフに向けた視線は聡《さと》く、貴族であることを見たのだろう。

「いや、迷宮に入っている。実用的なものがいい」

「なるほど……では、親方を呼んでまいりますね。少々お待ちください」

少年は店の奥に入っていく。

少し待って、少年は自分と背丈の変わらない男を連れて戻ってきた。

体型はミトロフに負けず劣らず丸っこく、しかし分厚く、幅がある。それは贅肉ではなく、日々の鍛冶仕事で鍛えられた筋肉の塊であるらしい。

目の前に立つと壁を前にしたような圧迫感を覚えた。

男はドワーフである。髭も眉毛ももじゃもじゃと伸び、分厚い瞼《まぶた》の下からミトロフを見据える眼光は鋭い。

「見せてみろ」

くい、と顎をしゃくって剣を示す。

ミトロフは腰から刺突剣《レイピア》を鞘ごと抜くと、ドワーフの男――グランに差し出した。

グランは丸っこく分厚い手で細身の鞘を握ると、似合わず繊細な手つきで抜刀した。

「対人用にしちゃ重いな。迷宮に潜ってるって？」

グランは鞘を少年に預けると、刺突剣《レイピア》をくるくると回しながら細部を確かめる。

「良い鉄だ。細剣にしちゃ刃は鈍いし、重心も寄ってる。魔物を斬るためのモンだな」

ミトロフは目を丸くした。

「なんだオメエ、自分の得物も知らずに使ってるのか」

「貰《もら》い物《もの》なんだ。ぼくに剣を教えてくれた人も、冒険者だったのかもしれない」

刺突剣《レイピア》の元々の持ち主は、ミトロフが幼いころに剣の基礎を教えてくれた男である。彼が屋敷を離れるときに残してくれたその剣は、ミトロフの予想を越えて実用的なものだったらしい。

「区分けるなら重刺突剣だ。人型の魔物と戦うのに適した剣ってとこだが、使ってるやつはそういねえな」

グランは傍らの少年から鞘を取ると、柔らかな手捌きで剣を納めた。それをミトロフにつっ返す。

「刃こぼれも歪みも緩みもねェ。良い剣だ。そこらへんの雑魚を何匹斬っても突いても問題ない。これより刃を繊細にしちゃすぐに潰れる」

ミトロフには目もくれず、グランは奥の鍛冶場に戻っていった。

「すごい。なんて愛想がないんだ」

「すみません。親方はぶっきらぼうが人の形になったようなもので……腕は本当に一流なんですよ！」

と少年が苦笑しながらも自慢げに言う。

「ドワーフというのは元々ああいう者じゃよ。鉄とは雄弁に語り合うが、他人に興味がない」

グラシエの言い方は素っ気ない。

「エルフとドワーフは仲が悪いと聞くが、本当にそうなのか？」

「どうにも相性が悪いのじゃよ。われらは森と水の民。あやつらは鉄と火の民。ちぐはぐなのじゃ」

なるほど、とミトロフは頷きながら剣を腰に戻した。

愛想もなく突き返されてはしまったが、不思議と信頼できる気がした。彼が必要がないと言うのであれば、この剣は大丈夫だろう。

ぐるりと店内を眺め、もうひとつの目的を少年に訊ねてみる。

「小盾などは置いていないか？」

「それでしたら斜向《はすむ》かいのメルン工房がおすすめですよ。すごく良い防具を拵《こしら》えてるんです！　あ、でも」

「でも？」

「ちょっと、こだわりの強い店主さんで」

少年は言外に含みを持たせる大人びた笑みを見せた。

「職人というのはみな気難しくなるものなのかのう」

グラシエはため息をつく。

ではは行ってみるよ、と少年に別れを告げ、ミトロフとグラシエは店を出た。

12

「おやまあ。アンタみたいなトロルのなり損ないが着れる鎧があるもんかね」

と、メルン工房の店主メルンは言った。

ミトロフが店に入ると、木製のマネキンに着せた革鎧を調整していた老婆がすぐさま気づき、睨みつけるようにミトロフを上から下まで品定めをしたのだった。

「これ、客をトロルに例えるなぞ失礼ではないかの！」

目を丸くしていたミトロフを押しのけ、グラシエが前に出た。

「客？　客だって？　客っていうのは金を払ってくれるものさ。アンタらはまだ一銅貨すら払っちゃいないだろう。それにね、そこの坊主が丸々と肥えてるのも事実だろうに」

「ミトロフはこれでもよく動くのじゃ。鈍重なトロルと並べないでもらいたいのう！　それにわれらは金を払う意思をもってこの店に来ておる！　客候補として対応してもらっても良かろう！」

「はん、よく口の回る小娘だね！　それなら何が欲しいのか言ってごらんよ！」

「ミトロフ、言ってやるのじゃ！」

急にふたりの視線が向けられ、ミトロフはぽかんと口を開けた。

「なんだいあのマヌケヅラは！　膨れ上がった頬なんかまるでトロルの赤子じゃないか！」

「ミトロフ、しっかりせぬか！」

あ、ああ、うん。とミトロフは頷いた。

老婆も老婆だが、グラン工房では静かだったグラシエがやけに賑やかなために、呆気に取られたのである。

「魔物の攻撃を防ぐように、小盾が欲しいんだが」

「盾だって？」

老婆はミトロフの身体を改めて眺めたかと思うと、ずんずんと歩み寄り、べしべしとミトロフの身体を叩き始めた。

「いて、いてて！」

「男なら黙って耐えな！」

老婆はふん、と鼻を鳴らすと、ミトロフの左腕を念入りに叩く。

「ろくに鍛えてもない手に盾なんぞ持ったって、取り回せるわけがないだろう！　盾の使い方を学んだこともありゃしないなら尚更《なおさら》さ！」

「使い方と言ったって、攻撃を防ぐだけだろう？」

ぱん、と頭を叩かれた。

「いたい！」

「アンタ、死にたいのかい！　小盾ってのは大盾より軽いけどね、それだけ扱いは難しくなるんだよ！　防ぐんじゃなくて受け流す技術が要るんだ！」

「じゃ、じゃあ、大きめの盾でも」

「その丸っこい頭になにが詰まってんだい！　そんな重たいもんを持っちゃ、躱《かわ》して戦う自分の強みを殺すだけだろう。この贅肉だって邪魔なのに！」

本当に何も分かってない子だね！

と悪態をつく老婆を、ミトロフはすこし感心した気持ちで見ていた。

やたらあちこちをバシバシ叩いているかと思ったら、それでミトロフの筋肉のつき方を見定め、戦い方の見当をつけてしまったらしい。

口は悪いが、言うことはミトロフにとってためになる助言である。

たしかに少々……いや、かなり癖が強いが、腕は確からしい。

「それなら、ぼくに見合うものはあるだろうか？」

ミトロフの美点は、分からないことは分かる人に任せる判断ができることである。

それは間違いなく貴族としての生活で身についた考え方だった。

煩雑なことはできる者に放り投げる。良いワインが飲みたければワインに詳しいものに命じ、王都で流行の服が着たければ服屋に命じて調べさせ、仕立てる。

わざわざ自分でワインについて勉強をしたり、王都の流行を調査したりはしない。そんなことは無駄でしかない。

そのときに欲しいものは、知識ではなくワインであり、服なのだ。

今、ミトロフが求めているのは、いざというときに魔物の攻撃を防ぐための防具であり、小盾だろうが手甲だろうが厚い布だろうが、目的が果たせるならなんでもいい。

目の前にいる老婆は、口も悪いしミトロフをトロル呼ばわりするし遠慮もなく気難しそうだ。不躾《ぶしつけ》と言っていい。それでも、ミトロフに適した防具を選ぶ知識がある。だったらミトロフには不満がない。

ミトロフは貴族であるが、その育ちや環境ゆえに、貴族としては珍しくも、平民は自分を敬うべきだという特権意識からは離れた精神を持っている。愛想の良い対応で気持ちよく買い物がしたいわけではない。命を守るために良い防具がほしいだけなのだ。

「ふん」

と老婆は鼻の横を掻き、マネキンの左腕にはめてあったものを指した。

「ま、この辺りだろうね。厚皮を鱗《うろこ》状に重ねたガントレットさ。革同士は鋲《びょう》で留めてあるから、腕の動きを邪魔しない。鉄製に比べりゃ柔だが、浅い階層の魔物の牙くらいならなんてことはないさ。ただ、棍棒やら鉈やら、振りかぶられた武器を受け止めちゃいけない。衝撃は殺せないからね。骨が折れる」

「じゃあ、それをもらおう」

「即決かの!?」

グラシエが驚愕《きょうがく》した。ミトロフはきょとんと純粋な目で見返した。

「だって、良いものだ。目的にぴったりと合う」

「そ、それはそうじゃが……ほれ、試着とか、価格交渉とか、悩む時間とか、いろいろあるじゃろ、手順が」

「お金を出すのが客なんだろう？　まず買う。いろいろ言うのは後からにしよう」

「……ふん。小僧のわりには道理が分かってるようだね」

革のガントレットの値段は決して安くはない。

貴族であるミトロフならば気にしない値段だが、駆け出し冒険者のミトロフにとっては、何日迷宮に行けばいいのかと考えると腹の底が重くなる。

しかし職人がひとつひとつ手作りする以上、武器や防具が安くなる理由はない。これも適正な価格で間違いないのだと自分を納得させる。

ミトロフは遠慮したのだが、グラシエは「約束しただろう」と半額を出した。そのことに申し訳なさと、必ずグラシエにも同じだけのものを返礼しようという覚悟になった。

ガントレットを購入したことで晴れて客になれたわけだが、老婆の対応は変わらなかった。それでも仕事には微塵の手抜かりもない。

ミトロフの太い腕に合わせてガントレットのベルトを締め、つけ心地や違和感などを聞き取り、細かく調整してくれる。

乱暴な口調ながらも手入れの仕方を教えてくれた。壊れたり大きな傷ができたときには必ず持ってこいと口酸っぱく言われる。意外と世話焼きで心配性な店主らしい。

ミトロフは腕に革のガントレットを嵌《は》めたまま店を出た。

「革が腕に馴染むまでしばらくかかるからね」と老婆が言うので、とりあえずつけっぱなしにして馴染ませようという魂胆である。

と、同時に、それを言い訳にしつつ、自分専用の防具が腕にあることに、少年心がくすぐられたのが本心だった。つけてみると、オイルの染み込んだ暗色のガントレットはとても、そう、かっこいい。

「気に入ったようじゃな」

「……バレたか。すごく気に入った。ありがとう、グラシエ」

「おぬしの思い切りの良さには驚かされたが、買ってみればなに、良い品のようじゃ」

頷くグラシエもどこか満足げである。

ふたりは通りの端に寄り、往来を過ぎる人々を目にしている。

「先にぼくに付き合ってもらったな。次はグラシエの買物に行こう」

「実は今朝のうちに終わっておる」

「どうして!?」

「ど、どうしてと言われてもの……われは日が昇るのと同じころから活動するでな。ミトロフとの待ち合わせまでに余裕があったのじゃ」

「なんて健康的な生活なんだ……ぼくは昼に起きるのだってひと苦労だっていうのに……」

「なに、狩人とはそういうものゆえ。夜明けと同時に森に行く生活を続けておったでな、すでに習慣になっておる」

「じゃあグラシエが買ったものがいくらだったか教えてもらおう。代金の半分はぼくが出したい」

「そうじゃな、われらは、パーティじゃしな」

グラシエはひくひくと唇の端を震わせた。自分で言っておきながらニヤついてしまいそうな表情をなんとか堪えているようだった。

幼いころから対等に付き合える同年代の存在がなかったグラシエにとって、ミトロフという存在に対して特別な思いがあった。

パーティとはつまり、対等な仲間である。助け合い、喜びと苦労を分かち合い、収獲も損失も分け合う。

迷宮探索を行うためにひとりで森から出てきたグラシエは孤独だった。迷宮の中で頼る者はいない。優れた狩人であれど、迷宮の中で魔物と戦うのは訳が違う。太陽の届かない地下に潜り続けるグラシエは、上手《うま》くいかぬ探索にひとり、焦りと不安を抱えていた。

ひょんなことから得た出会いである。ミトロフには命と共に、すり減り続けていた気持ちもまた救われたようであった。

ふたりはパーティである。もうグラシエは孤独ではない。

それがひどく嬉《うれ》しいのである。

「矢と、他にはなにかあったか？」

訊ねるミトロフに、グラシエは首を横に振った。

「軸が傷んだものを数本買い替えただけでの。今回はたいした出費にはならんかった」

「……それはちょっと申し訳ないな。ぼくだけ良いものを買ってしまった」

「前衛に立つミトロフこそ危険。装備を整えるのは当然のことじゃよ。しかしそうじゃな……では、風呂代をお願いしようかのう」

「風呂！　そうか、街には大浴場があるんだったか！」

「ミトロフの家にはなかったのかえ？」

「うちにあったのは蒸し風呂だ。家に湯船があるのはもっとお金を余らせた貴族だけだろうな」

「なんじゃ、貴族といえど蒸し風呂か。では庶民のほうが良い思いをしておるのう」

「大浴場とは、そんなに良いものなのか？」

ミトロフがぐいっと顔を寄せた。

庶民が大浴場と呼ばれる巨大な入浴施設を好んで利用していることは知っていた。ミトロフも興味はあったが、家を抜け出すほどの熱意はない。

こうして家を追い出されたことによって、図らずもその自由と機会を得られたようである。

ミトロフはこう見えて綺麗好きだった。安宿に入浴施設が付いているわけもなく、ここ数日は水で濡らしたタオルで身体を拭くしかなく、それは悩みの種でもあった。

特に迷宮探索のあとには汗や砂埃の汚れもひどく、頭皮や身体のあちこちにすっきりしないものが残っている。

「大浴場に入ったことがないとは、ミトロフ、それは良くない。風呂とは命の洗濯なのじゃ」

グラシエが胸を張り、自慢げに言った。

「命の、洗濯……っ!?」

「そうじゃとも。とくに冒険者は汚れだけでなく、精神の疲れをよく取らねば命とりになりかねん。風呂と冒険者は切り離せぬものよ」

「おお……」

とミトロフが感嘆する。

噂話《うわさばなし》に聞くばかりだった大浴場。それは何がなんでも行かねばなるまいと拳を握った。

13

それは小さな神殿か、あるいは宮殿の離れのように見えた。

石造りの構えは丹念に組み上げられ、正面の入り口には神話や神獣をモチーフにした彫刻が見事に刻まれている。地下から湧く湯を利用して民衆の公衆浴場にするために、当代の王が命じて作らせてから数年が過ぎ、人々の生活に巨大な大浴場はすっかり馴染んだらしい。

立ち尽くすミトロフの横をひっきりなしに人々が通っていく。

家族連れもいれば、仕事の合間にちょいと寄ったという風の男もいる。女ばかりが連れ立って入っていくし、団体客がわいやわいやと話しながら出てくる。

「これは……すごいな」

「そうじゃろう。このように華やかで活気あふれる場所を、われは他に知らぬ。毎日が祭りのようじゃ」

グラシエが指差したほうを見る。

大浴場の正面には円形の広場がある。そこもまた人が多いのは、待ち合わせや休憩のためだけでなく、ぐるりと縁を囲うように広がる出店が目的らしい。

ミトロフはくんくんと鼻を利かす。

肉やパンの焼ける匂いに香辛料の刺激が含まれている。しかしなんとも言えない苦味のような臭いも漂っている。

「……この変な臭いはなんだろう？　嗅いだことがないや」

「それが地下より湧き立つ湯の香りじゃよ。最初のうちは鼻を摘《つま》みたくなろうが、なに、すぐに慣れる」

人の波に臆することもなくずんずんと進むグラシエのあとを、ミトロフは慌ててついていく。そこらじゅうが興味深い。視線をあっちへこっちへとやっているうちに、グラシエを見失ってしまいそうである。

大浴場の外見は石造りだったが、中は木がふんだんに使われていた。天井は高く、明かり取りの窓からは陽光がこぼれ落ちている。入ってすぐに円形の受付があり、そこで手続きを済ませた住民が奥に進んでいくのが見える。

グラシエに連れられて並んだ受付で、ふたり分の入浴料を払う。身体を拭くための布と、小さな木のカップをそれぞれに受け取った。カップの中にはバターのようなものが入っている。

「それは石鹸《せっけん》じゃ。浴場ではもっぱらこれで身体を洗うのじゃ」

ミトロフはワイングラスにそうするように鼻を寄せた。さわやかな柑橘の香りがした。よく見れば刻んだ皮が交ぜ込まれているようである。

人の流れに乗って奥まで進むと、右左に道が分けられていた。通路の上部には布が垂れ、それぞれ男と女の絵が刺繍されている。ここから先は男女で区切られた場所になるらしい。

「ではミトロフ、今日はここで解散としよう」

「え、ここで?」

「われはゆったりと入浴したいのでな。それに」とグラシエはにまにまと笑う。

「ミトロフ、おぬしも入ればわかる。待ち合わせなんてしてもの、時間通りに出るのが億劫《おっくう》になってしまうに違いない」

ではまた明日の、と悠々と去っていくグラシエの背を見送る。

ミトロフはおずおずと、ほかの男たちの背を追って通路を進んだ。

通路を抜けるとふっと空間が広くなった。靴棚が並んでいる。脱いで上がれば、そこは広々としていて、並んだ長椅子に男たちが座り、茹《ゆ》で上がった身体を冷ましているようだった。

横目に通り過ぎれば今度は棚が立ち並んだ脱衣所となる。脱衣所からは、浴場がすぐに見えた。裸で歩く男たち。川が流れるような水音。賑やかな声が反響している。

木の香りと、グラシエが温泉の香りだと教えてくれた鼻につく奇妙な臭いが、もうもうとあふれる湯気と一緒に漂ってくる。

ミトロフは他の客の見よう見まねで木棚の前に立った。棚の中には籠が置かれており、そこに服を置くらしい。では剣も、と鞘ごと外し、ミトロフは唸った。

この正方形の中に、どうやって剣を入れるのだろう。そもそもこれは不用心じゃないか？

深刻な問題だが、ミトロフは慌てない。貴族としての矜持《きょうじ》が動揺することを許さない。

グラシエの話では冒険者もここをよく利用するという。であれば、武器を携帯しているのは珍しい話ではないはず。ならば冷静に観察すれば必ず答えは――。

「おい坊主、武器は預けた方がいいぜ。ほら、あそこだ」

「助かった。感謝する」

「おう」

裸の男が通りざまに教えてくれた先を見れば、脱衣所の端に受付台があった。そこでどうやら手荷物を預けられるらしい。

なるほど、平民の暮らしとは実に興味深い……。

澄ました顔で頷きながら、ミトロフの鼓動は少し速くなっている。受付台の男に、剣とガントレットと財布を預けると、代わりに紐輪《ひもわ》のついた小さな木札を渡された。そこには番号が書かれていた。

そっと見回せば、手首や足首にその紐を巻いている者たちがいる。ミトロフも見習って手首に巻き、改めて服を脱いだ。

全裸になると、自分もこの街の住民のひとりとして馴染めたような気持ちになった。胸を張って浴場に入る。足元は石が張られている。ざらざらとしていて滑る心配がない。

「……これはすごい」

浴場は広く、天井は高い。陽光は採り入れられているが、それを隠すほどの湯気が漂い、視界がはっきりしないほどだった。

右へ左へと首を振る。どちらにも広がりがあり、いくつもの浴槽やひとり用の大きな甕《かめ》が並んでいる。

ミトロフの目を惹《ひ》いたのは、浴場の中央を占拠する巨大な風呂だった。

それは街中にある噴水を巨大にして埋めたかのように見えた。中央には三段ほどの白亜の飾り台が重なり、見上げる頂上からは湯が流れ落ちている。その周囲を囲むように何人もの男たちが浸《つ》かっていた。中央に行くほどに深くなっているようで、湯の中で立ち話をしている姿も見える。

ミトロフもさっそく入ろうと考えたが、手にもった石鹸の器が邪魔だと気づいた。

よく見れば、壁側には湯の流れる水路が張り巡らされている。その前に木製の腰掛けがずらりと並び、そこで身体を洗うらしい。

ミトロフもまずはと足を向ける。腰掛けに座ると、水路は胸元の高さだ。手桶《ておけ》をとり、湯をすくい、ミトロフは頭からかぶった。

「あつい！」

悲鳴。

がははと、隣の老人に笑われる。

「おい坊主！　風呂は焦って入るもんじゃねえぞ！」

「……どうも」

蒸し風呂とは何もかも勝手が違うのだった。

ミトロフは改めて桶に湯をすくい、こんどは手を洗い、足にかける。

少しずつ肌が慣れてくると、熱い湯は不思議と気持ちがいい。

布に石鹸をつけて揉み込み、身体を擦る。皮膚を覆っていた汚れの皮が剝がれ落ちていくような感覚。

その石鹼で今度は髪を洗う。ちょうどカップに渡された石鹼を使い切った。

頭から湯をざぶざぶとかぶる。

熱い湯で身体を洗うのがこんなに気持ちいいとは！

身体中の汚れを洗い流してから、ミトロフは立ち上がる。洗い場の端には箱が置かれていた。そこに使い終わったカップを返却するようだった。

カップを入れ、布を肩にかける。それもまた他の男たちの真似《まね》である。

ミトロフはついに浴場の中央の湯船に向かい、滑らかに輝く材質が磨き抜かれたマルマロスだと気づいて目を丸くした。古い言葉で〝輝く石〟を意味するそれは、神殿や彫像の石材として重宝されるものだった。

いったいどれほどの費用が……とつい目算して立ち尽くすミトロフの横を、男たちが世間話などしながら通りすぎる。美しい足元の石材になど目もくれない。

ミトロフは首を横に振った。

気にしても意味がないことだ。湯を楽しもう。

目の前では噴水のように湯が湧き、あふれた湯は絶え間なく縁から流れ落ちている。

貴族であっても湯船にお湯を溜めないのは、ひとえに衛生面と手間暇の問題だ。大量の水を運ぶのも、それを沸かすのも大変な労力がかかる。溜めた湯に人が入れば汚れ、そのまま置いておくということはできない。湯は使い捨てにするしかないものである。

しかしこの浴場はどうだろう！

地下から湧く湯をひっきりなしに流すことで、常に湯船は清潔な湯で満ちている。これならばどれほどの人間が入ろうと、不衛生だと騒ぐ気にもならない。

ミトロフは湯船にゆっくりと足先を入れた。じん、と痺れが波打つように駆け上がり、腰から背中がぶるっと震えた。

初めての感覚に思わず歯を噛み締め、ゆっくりと腰まで浸かる。

湯船の中はすり鉢状に傾斜している。縁には腰掛けがあり、出入りの踏み台と兼ねている。

下半身だけ浸かって長湯をしている者もいれば、中央では流れる源泉に肩を打たせて笑っている青年たちもいる。

どうやら正しい入り方、というのはないらしいとミトロフは見て取った。

そのままゆっくりと、お湯を手でかくように進み、肩まで浸かった。

「あ、あぁぁ……」

言葉にならない。

喉の奥から搾り出された豚の悲鳴のようであるが、ミトロフは背筋を駆け上がる心地良さに震えていた。

全身が熱い綿に包まれているようである。

手足が溶けてなくなり、自分のむき出しの精神に湯が染み込んでくる。

溶ける。疲れが。

もうもうと蒸気が立ち込めているために、浴場はどこを見ても薄暗い。しかしその暗さが、また良い。

蒸気が周りの人間たちとの間に、薄い膜を張ってくれているようである。

集団の中にあって、個人である。個人でありながら、一体感がある。

孤独であって、孤独ではない。

不思議な感覚は湯の温かさのためだけではないように思えた。

この空間、浴場という場所が、良いのだ。

ミトロフは湯に浸かるという心地良さのあまり、座り込んでしまいそうになった。慌てて縁まで戻り腰掛けに座る。

湯はミトロフの腹までを温める。

上半身は蒸気がまとわり、無数の水滴が粒となった。

広々とした浴槽に浸かり、出ては入り、入れ替わっていく街の人々の姿を、ぼんやりと眺める。

ミトロフはぼうっとしていた。

考えることも、憂いも、寂しさも不安も、今ばかりは蒸気のように煙になってしまったかのようである。

頭は空っぽで、ミトロフは自分の心のその空白が嬉しかった。

「……ずっといられる」

ぽつりと呟いた。

「そうだろうとも。こんなに居心地の良い場所は他にない」

思ってもみなかった返事があった。

ミトロフが驚いて顔を向けると、男がひとり、湯船に入ってくるところだった。

「隣、邪魔をするぞ」

ミトロフの横に腰掛けた男は見上げるほどの巨軀だった。鍛え上げられた肉体は夜陰のように黒々としている。その顔ばかりが勇ましい肉食獣なのだ。たてがみがぺたりと逞《たくま》しい首周りを覆っている。

「獣人を見るのは初めてか？」

「し、失礼した。レオンヘッド族の方を見るのが初めてだ」

「なかなか街には住みつかん一族だからな。俺は変わり種だ」

グルル、と喉が響いた。雷が鳴るような物々しさだが、獣頭の男はそれで笑ったつもりらしい。

「この街で初めて湯というものに入ったが、これがたまらなく気に入ってな。仲間は呆れて帰ってしまったが、俺はこの街に住み着いたんだ」

「風呂に入りたいからここに残ったと……？」

「その通りだ。俺は、風呂が大好きだからな！」

グルッグルッグルッ、と喉が鳴り響く。

「たしかにこんなに気持ちが良いなら、毎日でも入りたくなるか……」

「おお、分かるか、少年よ。そしてこの街には迷宮もある。美味い飯もある。金を稼ぎ、飯を食い、ここで湯を楽しむ。これこそ生きる楽しみよ」

「生きる楽しみ……？」

「動き食い寝るだけでは獣のままよ。湯を楽しむとは娯楽そのもの。こうして見ず知らずの者と会話を楽しめるのもまた、面白い。裸で湯に浸かっているからこそ、言葉も軽やかになるからな」

ほう、なるほどな、とミトロフは頷いた。

民衆がこれほど浴場を楽しむのは、身体を清潔にして心を落ち着けるだけでなく、人と人との交流の場でもあるからのようだ。家でもなく、仕事場でもない。第三の場所が人には必要なのかもしれない。

「ぼくもこの街に住み着いてしまいそうだ」

ミトロフは住処《すみか》を追われた。しかしあのまま貴族として家に閉じこもって生活していたら、グラシエとは出会わなかっただろう。大浴場に来ることもなく、こうして獣頭の大男と裸で並んで湯に浸かる経験をすることもなかった。

ほんの数日でミトロフの人生は大きく変わっていた。貴族という立場は、命に危うさもなく、食うにも困らず、贅沢《ぜいたく》さに囲まれた環境だった。ミトロフの身体についた贅肉は豊かさの象徴なのだ。

だがこの場で湯に浸かる自分を、ミトロフは悪くないと思えた。

迷宮で剣を振ることも、見ず知らずの獣頭の男性と肩を並べ風呂に入るのも、これは面白い経験である。

生きる楽しみ、という言葉の意味がミトロフには初めて分かるような気がした。

浴場のどこか奥の方で、男たちがどっと笑い声をあげた。反響し、くぐもった人の声は、喧《やかま》しいとも思わない。人の生活の息吹だと感じる。この街に暮らす人々がいて、その数と同じだけの人生があって、それが浴場という場所で一瞬だけすれ違う。なんとも不思議で、なんとも心が穏やかである。湯によって身体の芯まで温められたせいだろうか。

「……気持ちいいな」

「まったくだ。湯とは素晴らしい」

ミトロフと獣頭の男は、たまに思い出したように会話をする。ふっと途切れたら、黙り込んでぼうっと天井に揺れる湯気を眺める。

「何かに急《せ》かされることもなく、強制されることもない。湯に浸かる時間とは、世俗から解放されることよ」

獣頭の男がぐるぐると喉を鳴らしながら言った。

天井を見上げながら、ミトロフは大きく頷いた。

「風呂、最高だ」

ふたりはそのまましばらく湯に浸かったまま呆《ほう》けていたが、同時に風呂を上がった。ミトロフが少々、のぼせてきたからだった。

「湯に慣れぬうちはそうなる。身体に熱がこもりすぎるのだ。入る前にはしっかり水分をとることが肝要だ」

「ははあ、なるほど。そういうものか」

獣頭に先導され、浴場を出る。

休憩場には木製の長椅子が並び、下着だけ穿《は》いた者や、裸の男たちが入り交じって座っていた。下働きの男らが大きな団扇《うちわ》で風を送っている。

獣頭は壁際の受付でなにかを頼むと、木のジョッキを両手に持って戻ってきた。

「これを飲め」

見れば泡立った白い液体が入っている。

「ミルクエールだ。飲んでみろ。飛ぶぞ」

言うなり、獣頭の男はぐいとジョッキをあおり、ごくごくと飲み干していく。

ミトロフはジョッキの中身をじいっと見つめた。見た目にはミルクである。しかしエールとは麦酒《ビール》のことではなかったか。

そのふたつを混ぜたということだろうか。それは美味いのだろうか？

普段ならば飲まなかったかもしれない。貴族としての生活で身につけてきた価値観や常識というものは、時として強い忌避感につながるものだ。貴族はミルクやエールを飲まない。ワインだけである。

貴族が食卓でエールを飲むことは没落の証、貧しさとみすぼらしさを象徴する。

ミルクを飲むのは農民であり、その土地を管理する貴族は同じものを飲むべきではない。そんな古い慣習が今でも残っている。

しかし、ぼくはもう冒険者だ、とミトロフは思った。

ミルクもエールも、未知の食材だ。それを味わってみたいという強い好奇心がある。

ミトロフは口をつけ、一気にあおった。口の中に流れ込んできた液体。その冷たさに驚く。ごくり、と喉に流し込む。

うまい！

なんて冷たくて飲みやすいのだろう。ミルクとはこんなにもうまいものだったのか！

わずかに発酵した微炭酸がしゅわしゅわと喉を刺激する。ごく、ごく、と。喉が勝手に鳴る。飲めば飲むだけ、乾いた身体の端々まで染み渡るようだ。

ミトロフはぎゅっと強く目を閉じた。喉で弾ける泡がたまらない！

わずかな苦味。それでいて鼻に抜ける甘さと、濃厚な栄養を感じさせる独特の風味。常温であればもっと生臭く、もったりとした飲み心地になるかもしれない。だが雪解け水のように冷えているからこそ、あっさりと喉に流れ込む。

ジョッキには並々と入っていたはずなのに、ミトロフは一気に飲み干してしまった。

「ブヒィっ！」

息を吐き出し、忘れていた酸素を吸い込む。

風呂上がりに、冷えたミルクエール。身体中がふわふわふわと浮かんでいるような心地良さ。こめかみがじぃんと痺れている。

「……これが合法だなんて信じられん」

「良い飲みっぷりだ。お前は良い男になるぞ」

ぐるぐると笑って、獣頭の男がミトロフの背中を叩いた。

「ぼくは決意した。毎日ここに通うし、毎日これを飲む。素晴らしいものを教えてくれて感謝する」

獣頭は裂けたように大きな口から牙をのぞかせながら、ニンマリと笑った。

「互いに生き残り明日も会おうぞ、小さな冒険者よ」

第二幕

太っちょ貴族は迷宮に挑む

1

ミトロフとグラシエの探索は順調に進んでいた。ミトロフの新装備であるガントレットの革慣らしも兼ねて地下三階を丁寧に探索したことで、群れをなすファングにも余裕を持って勝てるようになっていた。

昇華はしていない。ゆえに経験が増え、ファングへの対処法をそれぞれに学んだ結果だろう。

グラシエなどは狩人《かりゅうど》の経験が存分に生かされ、ファングを狩るという点でミトロフが及ばない成果を出している。迷宮路に残された痕跡からボスファングが率いる群れを見つけ、遠目から矢を射掛けることで有利な状況を生む。

ミトロフもまた、左腕にガントレットを身につけたことで、一歩深く踏み込めるようになった。いざとなれば身を守れるという安心がミトロフの動きから緊張という硬さを抜いている。

地下三階に踏み込んでから数日。ついに今日、ふたりは階段を降りることにした。

地下四階でもまた、階段を降りた広場は安全基地となっている。テントが張られ、商人が消耗品を売る。流れの鍛冶屋が冒険者の武器を研いでいる姿も見られる。

ふたりは広場を抜け、通路に出た。光景はこれまでと同じ石造りの通路であるが、どこか重々しく、冷たい空気を感じさせる。

あちこちに褪《あ》せた染みが飛び散っているのは、魔物の血か、ここで果てた冒険者たちの痕跡だろうか。

「……ここにいるのはコボルドか」

「うむ。われにとっては仇敵《きゆうてき》とも言えるな。命を失いかけた」

地下四階を根城とするのは、ゴブリンとファングを掛け合わせた存在、コボルドである。ファングのような獰猛《どうもう》さと俊敏さ、ゴブリンのように道具を駆使する器用さを持ち合わせた存在だ。

彼らは縄張りの意識が強いために、争いに負けた個体が抜け道を通って上層階に上がってくることでも知られている。初心者が不意に出くわせば必死の魔物であるために、〝初心者殺し〟とも呼ばれる存在だった。

「緊張するな……あれは強敵だった」

ミトロフはコボルドと間近で戦っている。グラシエを助けるためにひと刺しで倒したが、立ち会った際の緊張感は背筋が震えるほどだった。

「われも身体《からだ》が硬い。知らず力が入っておるようじゃ。慣れるまでは無理なことはせんようにせねば……」

と、グラシエが言った瞬間。

横手の壁が崩壊した。

「はあ……!?」

目の前の通路に瓦礫《がれき》が飛び散り、砂煙が広がる。ランタンが転がり、油が散った。燃え広がった火が通路を照らしあげ、そこにいる存在をふたりに見せつけた。

「……ッ！　なんじゃこいつは!?」

グラシエが一歩下がる。

巨軀《きょく》である。丸々と膨れた身体は灰色がかり、脂肪の垂れた太い腕には石を削った棍棒《こんぼう》が握られている。輪のように溢《あふ》れた贅肉《ぜいにく》に小さな頭が載っている。瞳がギョロギョロとふたりを見下していた。

「トロル――」

ミトロフは呆然《ぼうぜん》と呟《つぶや》いた。

立ちすくむふたりに、トロルは左腕に持っていた何かを振りかぶり投げつけた。

ミトロフとグラシエは左右に分かれて咄嗟《とっさ》に避《よ》ける。

通路を弾《はじ》けるように転がったのは、身体を半分喰《く》われたコボルドだった。

「こやつ……コボルドを捕食しておるのか……ッ！」

「地下四階にトロルって出るんだっけ？」

「聞いたことがないわ！」

「じゃあ、迷って上がってきたのか。迷宮には魔物しか知らない抜け道があるというが」

「おぬし冷静じゃのう!?」

グラシエは焦ったように叫びつつも、引き抜いた矢を弦に掛けてトロルの動きを観察している。

彼女は狩人ゆえに、森の中で危険な生物と相対したときにどうすべきか、その対処法を身につけていた。

見るからに強敵である。逃げるべきだと分かっている。しかし、獣を前にして背を向けて逃げ出すのは悪手である。それは追われる獲物の行動であり、大抵の生物は人よりも速く駆ける。逃げることは不可能だ。

かといって、逃げずに生き残る方法があろうか――?

グラシエはトロルを見上げる。天井までの半分以上の空間を埋めている。

三メートルを超えるこの巨体に己の矢がどれほど脅威になるか。あまりに心許《こころもと》ない。

トロルは叫ぶでもなく、威嚇するでもない。

どん、どん、どん、と地を震わせるように重たげに駆けて、棍棒を振りかぶった。

狙いはミトロフであった。

その一撃を、ミトロフはステップで躱《かわ》した。棍棒は床にめり込み、瓦礫をばら撒《ま》く。

その破片がビシビシと身体に当たるのを感じながら、ミトロフは細剣を抜いていた。

2

強敵である。

命がかかっている。

しかしミトロフは冷静だった。〝昇華〟によって得られた精神の強化のおかげだろうか。

コボルドと相対したときには確かに感じた背筋の震えが、今はない。

踏み込み、棍棒を叩《たた》きつけたままに伸びきった太く短い腕の手首を刺す。

たしかに脂肪は厚い。だが関節部には脂肪はつかない。

刺突剣《レイピア》は鋭く点を貫く。

どんなに脂肪の鎧《よろい》を身につけていようと、場所さえ選べば良い。

トロルが不満げに悲鳴を上げた。

ミトロフは剣を引き抜く。

トロルはミトロフを棍棒で薙《な》ぎ払う。

すでにそこにミトロフはいない。

棍棒が通り抜けた後に、ステップで戻ってくる。

振り抜いたままのトロルは無防備だ。空打った身体の重みをすぐには戻せない。

ミトロフは踏み込み、トロルの右腕の肘を突き刺した。

抜く。

そしてまた突く。

構えは定まっている。

二連撃で肘の腱《けん》を狙う。

トロルが咆哮《ほうこう》した。腕をただ振り回す。ミトロフは動き、躱し、離れる。

「お前もぼくも太っちょだ。だけど、ぼくのほうが速い」

手首。肘。手首。手首、肘。

動きの合間に潜り込み、ミトロフはトロルの腕だけを的確に狙った。

小さな点が刺さるだけ。

派手に血も流れず、骨を打ち砕くでもない。しかし確実に刻まれる刺突剣《レイピア》の刺し傷は、トロルの右腕の機能を奪う。

がらん、と。石の棍棒が床に落ちた。

トロルの右腕がだらりと下がっている。血が滴っている。

ふぎぃ、と唸《うな》る声。トロルは不満げに鳴いた。

どすん、どすん、どすん！

わがままな幼児のようにその場で足を踏む。

うぁあぁ。

廊下に反響する叫び声。

ミトロフは一足飛びに下がった。耳を覆う。間近で聞けば鼓膜が破れそうだ。

トロルは呼吸を荒くしてミトロフを睨《にら》みつけた。歯を食いしばり、涎《よだれ》をたらし、ふぐっ、ふぐっと嗚咽《おえつ》をする。

今にも体当たりでもしてくるかという構えだ。

ミトロフは腰を落とし、すぐにでも横っ飛びで避けられるようにする。

トロルの右腕は潰したが、あの巨体ともなれば全身が凶器だ。

ぶつかれば跳ね飛ばされ押し潰され、腕を振るわれれば骨が砕ける。

当たらなければ無意味だが、避けるごとに命をすり減らしているような感覚がある。

ミトロフには決定打がない。

トロルの右腕を潰すことはできたが、そのために何度、致命の攻撃を避け、点を打ちこんだだろう。

見上げる場所にある首や頭を狙うことはできない。

ミトロフがトロルを仕留めようと思えば、ただただ、地道に積み重ねるしかない。一撃でも食らえば死ぬという重圧を背負いながら。

トロルに対して優位に立っているようでいて、その実情は綱渡りでしかなく、ミトロフが渡ろうとしている綱はひどく細い。

短時間の激しい運動によって、ミトロフは心臓が苦しいほどに拍動しているのを感じていた。全身に血が巡っている。身体は手足の先まで熱く、顔に背中にと汗が噴いている。

命懸けの戦いで精神は興奮し、興奮は脳内を占領する。

ミトロフの身体はふわふわと浮き立っていた。

来い、と呟く。

いくらでも戦ってやる。何度でも避けてやる。

自分の中にこれほど好戦的な一面があったことに驚いている。

同時に普段の、臆病で神経質な自分が、それは無理だ、と告げている。

乱れた呼吸が戻らない。

ブヒィ、ブヒィ。

鼻に詰まった息が音を鳴らしている。

子豚は巨大な豚と向き合っている。

互いに戦うべきか、逃げるべきかを迷っている。

トロルがもし向かってくれれば、ミトロフは勝てないと分かっている。百を目指して一の攻撃を積み重ねている間に、相手はひたすら百を繰り返す。百はいつか当たるだろう。

逃げてくれ、とミトロフは願った。

トロルが前傾に姿勢を変えた。

――くそ、分かったよ、やってやるさ。

ミトロフが剣を握り直した刹那。

ビュッ、と線がはしった。

グラシエの矢だった。

悲鳴。トロルが頭をのけぞる。

「去《い》ね！」

矢は的確にトロルの右眼《みぎめ》を射抜いていた。

頭を振り乱してもがき苦しみながら、トロルは壁にぶつかり、通路の闇の奥へと逃げ去っていった。

――静寂。

ミトロフとグラシエはじっと闇を睨む。トロルが戻ってこないことを確かめてようやく、その場にへたり込んだ。

顔を見合わせる。

互いに引き攣《つ》った顔をしている。その真剣さが妙に面白く見える。

ふたりのどちらが先というでもなく、ぷっ、と吹き出した。

「くっく、っく」

「ブヒッ、ヒッ、フヒ」

笑い声を重ねるようにして、ふたりは腹の底から笑った。

生き残った。

その実感が、どうしてか面白かった。

3

「なにがあんなに面白かったんだろう」

「分からぬ。われらはちとおかしかったんじゃ」

ふたりして首を捻《ひね》りながらも、気を取り直して話し合う。

「この階にトロルがいたのは、おそろく異常事態だろう」

「コボルドとは比べものにならぬ。おまけに手負いにしてしもうた」

グラシエが肩の上の銀髪を払った。どこか苛立《いらだ》たしげな所作に見える。

「不味《まず》いのか？　傷を負わせたぶん、次に戦う人は楽になりそうだが」

「追い詰められた獣は退《ひ》くという決断はできぬ。己の命を懸けて全力でこちらを殺しにくる。相討ちを腹に決めた相手ほど恐ろしいものはおらん」

「……アレが全力で迫ってきたら、たしかに恐ろしい」

思い出すだけで腹の底が冷えるようだ。

「地下四階にはわれらのように初心者も多かろう。大ごとにならねば良いが……」

「珍しいとはいえ、強い魔物が浅いところに来ることが前にもなかったわけじゃないだろう？」

「報告を受けたギルドが対処するのが慣例じゃの」

「じゃあ、ぼくらもギルドに報告すべきか」

「トロルの討伐依頼がクエストとして貼り出され、誰かがそれを受領するじゃろうな」

ミトロフは少し悩んで、「悔しいな」と言った。

「ぼくが勝てない相手が、誰かに倒されるというのは、すっきりしない」

「……ミトロフも立派な狩人じゃの。気持ちは分かる。しかし相手は魔物じゃ。今は堪《こら》えようぞ。トロルとの因縁よりも命のほうが重要じゃ」

うむう、とミトロフは二重顎の脂肪に首を埋《うず》め、仕方ないと自分に言い聞かせた。

悔しいが、勝てる自信はない。負ければ死ぬ。分かっていることだ。

もやもやと踏ん切りのつけられないミトロフの感情を見てとったグラシエは、空気を変えるために別の話題を提供した。

「この横穴はどこに繋《つな》がっておるのかのう。地図にはないが……」

浅い階層ではすでに抜けのない地図が完成されている。ギルドで安く売られているため、初心者はそれを買い集めて迷宮に潜るものだ。

グラシエは荷物から引っ張り出した地図と見比べながら、トロルが飛び出してきた横穴を覗《のぞ》いた。穴の中に灯《あか》りはなく、塗り潰した暗闇がどこまで続いているのかも判別できない。

「……少し進んでみよう」

「危険を感じたらすぐに引き返すぞ、良いな？」

「もちろんだ」

ミトロフがランタンを持ち、灯り役として先導する。グラシエは弓を構え、目と耳でもって異変に気を配る。瓦礫を踏み越えて、ふたりは通路の横穴に入っていく。

空気は湿気《しけ》ており、流れのない重みを感じさせた。ふたりの足音ばかりが反響している。

トロルという規格外の魔物が飛び出してきたのだ。どんな魔物がいるかも分からない。ミトロフは口の中が乾いていくのを感じた。首筋が焦げるような静けさだった。

五分はかかっていないだろう。通路の途中、またぽっかりと横穴があいていた。壁が砕かれたようで、通路には瓦礫が散乱している。

ふたりはおずおずと首を伸ばして横穴を覗く。ランタンを掲げて見れば、横穴はそのまま真下に掘られている。暗闇しか見えなかった。

「下に繋がっておるようじゃが」

とグラシエが顔を向ける。その眉はハの字に下がっている。進みたくはない、という感情が分かりやすく表現されている。

ミトロフもその眉毛に賛成である。

「……隠し通路から下に進むっていうのは、ちょっと怖いな」

「……いちど、戻るか。道具がなければどうにもなるまい」

穴から視線を戻す。今来た通路はまだまっすぐに続いている。そちらは新たな横穴よりは安全そうである。

ふたりは顔を見合わせて頷《うなず》き合うと、先へ進む。しかしほどなく道は行き止まりとなった。

突き当たりの壁の足元に小さな箱が置いてある。そろそろと近づき、箱を見下ろした。

「箱だ」

「箱じゃな」

「迷宮に、箱？」

「これは、もしかすると」

と黙り込むグラシエ。

箱はひどく古びた木製であり、片腕で抱えられるほどの大きさであった。

「どうみても人工物だ……誰かが置いたってことなのか？」

ミトロフは周囲を見回す。灯りもなく、湿気とどんよりと停滞した空気と、かびのようなにおいがする。

数年……あるいはそれ以上もの長い時間、誰かが出入りしたとは思えない。

「遺物、かもしれぬ」

とグラシエが呟いた。

「魔剣のことか？」

「遺物としてもっとも有名なのがそうじゃな。ただ他にも遺物は種々様々にあるという。父もひとつ、遺物を持っておった」

古代の奇跡を宿した魔剣は、現代の技術では生み出すことができないと言われている。迷宮の深層で発見されることがあり、それは古《いにしえ》の冒険者が使用した物であると推測されていた。しかし遺物とされるのは剣だけでなく、防具から呪物、食器まで幅広い。

そうしたことをグラシエが説明すると、ミトロフは「へえ！」と感心した目で箱を見直す。

ただの古臭く怪しい箱が、急に趣深い過去からの贈り物に見えてきた。

「そういえば、迷宮の品を蒐集《しゅうしゅう》する貴族の話を聞いたことがある。遺物のことだったのか」

「好事家は多いと聞くな。どんな些細《ささい》なものであれ、迷宮での遺物はそれだけで希少価値があるでな」

ふたりはゆっくりと箱を見下ろした。

もしかすると、という思いがある。

この中には、大金にも等しいものが入っているのかもしれない。

「……開けて、みようか」

「……確かめてみるかの」

同時にしゃがみ、ミトロフが箱の蓋に手を伸ばした。真鍮《しんちゅう》の金具は錆《さ》び付いていたが、力を込めるとバキリと割れるようにして開いた。力を込めて蓋を上げる。

と。

「本……？」

赤い絹張りの枠にぴたりと嵌《は》め込まれているそれは、黒地に銀の刺繍《ししゅう》で飾りが施された本である。

「見るからに高そう、ではあるけど……本か」

「価値はありそうじゃが……本か」

剣であるとか、装飾品であれば、だいたいの価値は推測できるものである。しかしそれが本となると、ミトロフにもグラシエにも判別が難しい。

表紙は深く吸い込まれそうなほど黒く染色された皮張りというだけで、題字はおろか文字のひとつもない。

ミトロフは手を伸ばして表紙をめくろうとしたが、直前でぎゅっと手首を握られた、グラシエが止めたのである。

「これ！　遺物に臆せず触れるバカがおるか！」

「だめなのか？」

「古代には強大な魔術師が多くいたとされておる。遺物にはそやつらが施した魔術や呪いが残っておることもあるのじゃ。迂闊《うかつ》に触れて呪われでもしたら、それをなんとか出来る魔術師は今世にはおらんぞ」

「……おそろしいな！　そういうことは先に言ってくれ！」

「だから止めたじゃろうが！」

グラシエが呆《あき》れた目をしている。

ミトロフはまったく、時に自分よりも常識に疎いことがあるようだ。遺物に触れないというのは冒険者として当たり前……と考えて、ミトロフが貴族であったことを、グラシエは痛感した。

本来ならば、ミトロフは迷宮に潜ることなどあり得ない人生だったのだ。冒険者としての常識が、貴族に必要とされるわけがない。

そんな些細なことに身分や生まれの差を感じて、グラシエはほんの少しだけ、複雑な思いを抱いた。

「……とにかく、遺物はギルドの鑑定士に頼むのが良かろう。ほれ、箱ならば触れても問題あるまい」

グラシエは蓋を閉じると、自らたしかめるように両手で持ち上げた。

本が入った木箱を収穫物として今日の探索を終え、ふたりは帰路についた。

ギルドのカウンターでトロルに出会ったことや、破壊された壁の奥で下層階へとつながる横穴と、箱に入った本を見つけたことを報告する。遺物である本のほうは、ギルドに鑑定を依頼して預ける形となった。

ミトロフとグラシエにとっては、トロルと命懸けで戦ったことや、遺物を見つけたことの方が重大なのだが、ギルドの受付嬢は下層階へと繋がる道について興奮した様子を見せた。

「それはきっと〝裏道〟ですね！　魔物が使う隠し通路なんですが、地下四階にもあったとは！新しいルートが構築されるかもしれません！」

ズレた丸眼鏡をくい、と上げながら、小柄な受付嬢が言う。

「良かった。貢献できて喜ばしい。それで、ぼくらには見返りがあるのか？」

ミトロフは大した興味もなく訊《たず》ねた。見ず知らずの他人の益になったところで、自分に得がなければ喜ぶ意味もない。

「ええとですね、〝裏道〟の発見には規定の報酬があります。それにもし下層階への新ルートが構築された場合、貢献者として記録に残されます」

「それは良きかな。思わぬ実入りだ」

「トロルに感謝しよう」

ふたりは笑みを交わした。トロルと相対した緊張はまだ身体の芯に残っている。それを洗い流すには、少し無理をしてでも笑い話にしてしまうのがよいものだ。

「ギルドでも調査員を派遣しますので、報酬については後日、またご報告させていただきますね」

「トロルはどうなる？」

「ギルドからの依頼という形で、クエストを発注することになるかと。迷宮に入る方々に注意するように情報を共有いたしますが……おふたりとも、気をつけてくださいね」

心配げな受付嬢の言葉に、ふたりは首を傾《かし》げる。

「魔物というのは、自分に傷をつけた相手をよく憶《おぼ》えて忘れないそうです。執念深く追いかけてくる個体も稀《まれ》にいるんです」

4

風呂は良い。命がさっぱりする気分だ。

浴場で湯に浸りながら、ミトロフはぼうっと水蒸気を眺めている。疲労で全身が重く、今になってトロルとの戦いの実感を身体が理解したかのようだった。

今日、ぼくは死線をくぐり抜けた。それは間違いない。

浴場には大勢の男たちがいる。わいのわいのと笑い合い、自分たちの仕事についてや、家族のことを話題に言葉を交わしている。

そういう人たちは真っ当な市民なのだとすぐに分かる。定職を持ち、毎日を堅実に、畑を耕して種を蒔《ま》くように生きている。

賑《にぎ》やかな男たちの軽やかな声を遠くに聞きながら、ミトロフは気も入らずぼけっと口を半開きにしている。

「どうした。今日はやけに腑抜《ふぬ》けているな」

ざぶんと湯に踏み込み、隣に座ったのは獣頭の大男である。顔馴染《かおなじ》みのような気安さに、ミトロフは少し戸惑う。

「……ちょっと、疲れが出てな」

「勝ったか、負けたか」

脈絡のない質問に、ミトロフは目を瞬いた。

「冒険者が腑抜けるのは、強敵と戦った後と相場が決まっているものだ。勝つにしろ負けて逃げ帰るにしろ、死と隣り合わせの戦闘ですり減った意思力は、なかなか戻らないからな」

ぐるぐると喉を鳴らして笑うその姿は、戦いを知り尽くした猛者の風格がある。

この男、もしかするとかなり名の知れた冒険者ではないか、とミトロフは唸った。名も知らない相手だが、グラシエ以外に知り合いがいないミトロフにとって、迷宮探索について遠慮なく話ができる数少ない相手である。

「状況的には、勝った。だが……気持ちは負けた気分だ」

「ほう」

「ぼくの力がまったく足りてない。相手は逃げたが、あのまま戦い続けていたら、ぼくも仲間も死んでいたかもしれない」

生命力。

トロルに感じた分厚い差は、その命の厚みである。

どれだけ剣を刺そうと倒せる気はしない。あんな魔物がこれからも増えていくとしたら、自分は果たして生き残れるだろうか。

これまで、ミトロフは放り出された自由と未知への好奇心によって迷宮に挑んでいた。運良く、魔物に勝って生き残ってきた。だが今日、ミトロフは死を前にした。その死は過ぎ去ったが、胸の内に重く冷たい澱《おり》として残っている。

じゃばり、と湯から腕をあげ、獣頭の男は浴場の男たちを指でざっと示した。

「この浴場にいる者の中から冒険者を選べと言われたら、簡単に当てられるか？」

奇妙な問いである。

ミトロフは浴場を見渡した。

「あそこでぼうっとしてる人と……たぶんあっちの人もそうだ。隣で壁にもたれてる人もかな」

「なぜ分かった？」

「なぜって……」

顔に冒険者と書かれてはいないが、やはりどこか市民とは違う。

獣頭の男はぐる、と喉を鳴らす。

「そう、見れば分かる。目つきは鋭く、どこか陰気な顔をしている。ひとりでむっつりと黙り込んで、どこか一点をぼうっと眺めている。そういう男は、まず間違いなく冒険者だ。自分の腕にも未来にも不安を抱えている男だ」

「……未来に希望を持っている冒険者はいないのか？　明るい顔で楽しく笑っているとか」

「そういう冒険者は死んでいく」

ひどく平坦《へいたん》な声だった。ミトロフは目を見開いた。

「酒場で冒険者が騒ぐのは、周囲の目があり、仲間がいるからだ。堂々と振る舞わねばいかん。気弱なところなどを見せては、臆病と馬鹿にされる。だから強い酒を水のように飲み、不安も恐怖も麻痺《まひ》させ、下世話な冗談を言う。だがひとりで湯に浸《つ》かっているときには、みな矮小《わいしょう》な自分を見つめ直すものよ」

ミトロフは改めて浴場内を見直した。

暗い顔をしている男がちらほらといる。彼らはおそらく冒険者だろう。ぐっと俯《うつむ》き、額に手を当て、ずっと自分の腕を摑《つか》み、それぞれに何かに思い耽《ふけ》っている。

ミトロフが聞き齧《かじ》りの話から思い描いていた冒険者の姿とは違う。

酒を飲み、女と遊び、自由と大金を求めて迷宮に挑み、死と名誉を求める物語の姿は、どこにもない。

彼らはひとりの人間だった。

毎日を一歩ずつ丁寧に生き、仲間と笑い合い、家族の近況を報告し合う町の人々の、その陰でひとり思い悩む孤独な人種なのだ。

「……みんな、怖いのか」

「そうだ。みんな怖い。お前も立派に冒険者の顔をしていたぞ」

「陰気くさく悩んでいたということか？」

「それが冒険者というものだろう。華やかな日など、死ぬまでに何度あるか。それでも迷宮に潜り続ける阿呆《あほう》だけが残っていく。お前は、何のために迷宮に潜る？」

何のために？

生きるために？

日々の食事を得るために？

分からない。

今まで、自分の人生を自分の意思で選んだことがなかった。父に命じられ、飼い殺され、人生を保留にされ、そして使い道がなくなったからと、追い出された。

迷宮に来たのもまた、父の指示だ。

この場所で私の視界に入らぬように死ねと、そう決められた。

だから迷宮に潜っているのだろうか。父に言われたから。

己の死についてすら、自分の意思はないのだろうか。

自分のことですら、ミトロフには分からなかった。

グラシエはどうなのだろう、と思った。

彼女はまったく、冒険者らしくない。現に自分は狩人だと言っていた。

どうして迷宮に潜っているのだろう。

それを訊《き》いてみたい。以前は彼女を気遣って質問をためらったが、今なら、教えてくれるだろうか？

ミトロフはお湯を手で掬《すく》い、バシャバシャと顔に叩きつけた。

5

大浴場からミトロフの安宿まではしばらく歩く。安宿は街の端に近い場所にあり、帰るには大通りを横切ることになる。

すでに夜が落ちてきていた。日が暮れても大通りの人混みは変わらず、昼間とは違った活気が満ちている。昼には閉まっていた酒場やカフェが灯《とも》りを灯し、店前の歩道にまでテーブルや椅子を広げていた。

十五歳を過ぎたミトロフは法的に飲酒が許されているが、まだ酒の楽しみが分からない。食事に合わせてワインは常飲しているが、それは貴族の嗜《たしな》みとしてのものであり、強い酒で酔うことを楽しむ感覚とは縁遠かった。

肩も触れるような人の流れに交じることにミトロフはまだ慣れない。前に後ろにとぶつかりそうになったり、追い抜かされて肩をぶつけられたりする。

絶え間のない人混みに疲れて、ミトロフは道を外れた。石畳の細道は下り坂になっている。街灯は少なく薄暗いが、迷宮の底無しの暗さに慣れた身からすれば、月も星も出ている夜の街で、視界が悪いと思うこともない。

少し奥まった場所で壁に背をもたれ、ひと息をついた。

この街はとかく騒がしい。

朝に夜に誰かが起きている。宿では誰かがごそごそと動き、出入りし、騒いで叫ぶ。

ミトロフの屋敷には静けさがあった。夜食の席では食器ひとつのぶつかる音にも気を遣う。父と同じテーブルで、周りには給仕もいながら、窓に砕ける風鳴りが寒々しく響くほどだった。

半月と経《た》っていないのに、ミトロフの生活は一変していた。それに適応することが、やはりまだ難しい。食事にも、服にも、街にも、人にも、迷宮にも。自由を感じているようでいて、どちらが正しいのか、本当の自分なのか揺らいでいる。

ふと声が聞こえた気がした。大通りの方からだ。誰かが叫んでいる。

ミトロフは大通りに戻る。その瞬間、黒い小柄な影がひゅっと脇道に潜り込んできた。

「きゃっ」

「うわっ」

その影は素早くかわそうとしたが、ミトロフの予想外の横幅の大きさに避けきれずぶつかって体勢を崩し、走ってきた勢いのまま脇道の壁に跳ね飛ばされて転げた。

「すまない。大丈夫、か……？」

ミトロフは倒れた影に手を貸そうとして、目を丸くした。

小柄な身体は黒い外套《がいとう》で全身を覆っていた。転げたせいで、頭を覆っていたフードだけが外れている。

そこに見えたのは人の頭蓋骨だった。

「魔物だ！　魔物がいたぞ！」

と、大通りの方から叫ぶ声が聞こえた。

ミトロフはとっさに剣に手をかけた。

「ち、ちがいます、魔物ではありません！」

頭蓋骨は顎骨をカクカクと鳴らしながら、銀鈴を鳴らしたような少女の声をあげる。

「人の心をたぶらかす系統の魔物か」

「わたしは人間です！」

「どうみても骨だろう！」

「骨になった人間なんです！　事情があるんです、ええと……誤解が……！」

ばたばたと手を動かし、必死に説明しようとしている様子である。

かつてのミトロフであればそんなことを信じはしなかった。頭蓋骨だけの人間など存在するわけもなく、見た目は明らかに魔物なのだ。

しかし今のミトロフは冒険者である。迷宮に潜り、本物の魔物を目にして、戦ってきた。

それらの魔物から感じた強い敵意、首の後ろがピリピリと痺《しび》れるような嫌な空気を、目の前の存在からは感じなかった。

慌ただしい足音が近づいてくる。

ミトロフは眉間に皺《しわ》を寄せて悩んだかと思うと、少女を背にして大通りに出た。

「うわっ！　お、おいあんた！　こっちに黒マントの魔物が来たろ！」

「……ああ、あっちに走っていったな」

「何でか魔物が街に紛れ込んでやがる！　気をつけろよ！」

四人ほどの男たちが連れ立って走っていく。目は血走り、口角には泡が浮かんでいた。追いかけて、捕まえて、それからどうするというのだろう。

その男たちと向かい合ったときのほうが、よほど首の後ろがピリピリとしたほどだった。

ミトロフは他の追手がいないかを確かめたあと、脇道に戻った。

少女はもういなくなっているかと思ったが、どうしてか素直に待っていた。

「……なぜ正座なんだ？」

「お礼をと思いまして……庇《かば》ってくださってありがとうございます。命拾いしました」

言って、黒の革手袋の指先を揃《そろ》え、ちょこんと頭を下げる。顔はすでにフードで隠されている。小柄な人間にしか見えなかった。

「いや、いいんだ」

なぜ庇ったのだろう、と自分でも不思議だった。見ず知らずの怪しい骨人間を庇う利点はない。理性的なものよりも早く、直感とか本能とでもいうものが反応して身体を動かしたようだった。

少女は石畳に姿勢正しく座ったまま、じいっとミトロフを見上げている。深々と被《かぶ》ったフードの暗闇のために、骸骨頭は見えない。

「あの、あなたは冒険者でしょうか」

「そうだけど……」

「でしたら、お願いがあります」

と言って、少女はまた深々と頭を下げた。

「どうか、わたしを荷物運び《ポーター》として迷宮に連れて行っていただけませんか」

「……面倒な話になりそうだ」

ミトロフは鼻息をついた。

6

グラシエの宿の場所は聞いていたが、気軽に遊びに行くという間柄でもない。よほどの事情でもなければ自分から赴くことはなかっただろう。

しかし今ばかりは、よほど、と言える事情だった。

〝銀の鹿角亭〟と呼ばれるその宿は、小洒落《こじゃれ》た名前のわりには古びて陰気くさい宿だった。一階は受付と食堂になっていて、夜には酒場も兼ねているらしい。薄暗い中で酒を飲んでいる背中がいくつか見えたが、楽しげな談笑は聞こえない。

受付に座ったままこくりこくりと舟を漕《こ》いでいた老婆に、グラシエを呼んでもらう。

階段から降りてきたグラシエはゆったりとした私服を着ていた。迷宮では結んでいる髪の毛もゆるく流され、毛先でひとつにまとめている。

迷宮では勇ましさの際立つ狩人である。宿屋ではひとりの美しい少女としての印象が強く、ミトロフは見惚《みと》れた自分を誤魔化すのに努力が要った。

「こんな時間にどうしたのじゃミトロフ」

「実は荷物運び《ポーター》志望だという人を見つけたんだが。相談のために連れてきた」

「はて。われらのパーティに入りたいと？」

首を傾げると、細く白い首がランタンの灯りに照らされた。ほつれ髪が繊細な影を映している。深く青い瞳が、ミトロフの背後に立っている黒外套の小柄な姿をとらえた。

「はじめまして、わたしはカヌレと申します。こちらのミトロフさまに助けていただき、それが縁でお願いをいたしました」

「……ふむ。まあ良い、あちらで詳しく聞こう」

勝手知ったるグラシエの先導で、三人は食堂の一角でテーブルを囲んだ。

ミトロフは先程の出会いについて説明する。グラシエは頷いて見せた。

「おぬし、〝烙印《らくいん》の仔《こ》〟か」

「はい」

と、カヌレは頷き、周囲の視線を探った。誰もこちらに注目していないことを確認してから、わずかにフードをあげた。そこには紛れもない頭蓋骨があり、眼窩《がんか》には空洞だけがある。

「……遺物による呪いは種々様々と話には聞くが、難儀よな」

「命があっただけでも運は良かったと思います」

ふたりの会話を聞きながら、ミトロフは鼻息をついた。

迷宮からは数多《あまた》の産出物がある。中には強い魔法の影響を残した遺物が見つかる。その影響を身体に受けた者、あるいは生まれながらに一般的ではない容姿や呪いを持つ存在を〝烙印の仔〟と呼ぶのである。

御伽噺《おとぎばなし》の中では、呪いを受けたことで人外に等しい能力を発揮することもあるが、たいていの者は死んだり、身体の何かを失うことになる。

そうした現実の中で、姿だけが骨身となっているカヌレの状況は特殊だった。

「では迷宮に潜るために、荷物運《ポーター》びになりたいのじゃな？」

「はい。迷宮のどこかに呪いを解く手がかりがあるのでは、と。こんな姿では冒険者としての許可はおりないでしょうから……」

「荷物運《ポーター》びに関してはギルドの審査はなく、パーティの裁量に任されておるからの。良い着眼点かもしれぬな」

ふうむ、とグラシエは腕を組んだ。

「荷を受け持つ者がいれば、たしかにありがたい。じゃが、われらの収入では、人を雇う余裕がないのが実情じゃ」

「お給金はお気持ち程度でけっこうです。この姿になってから、飲むことも食べることも必要なくなりました」

平然とカヌレは言う。ミトロフにとっては衝撃的な告白だった。

「食べることが必要ないだって!?　人生の楽しみを失ったも同然じゃないか！」

「っ!?」

ミトロフの大声に、カヌレは肩を跳ね上げた。

「……失礼した。つい興奮してしまった」

「どれだけ食うことに情熱を向けておるんじゃ」

「そう褒めないでくれ。最近は節約生活だからな、感情が昂《たかぶ》ってしまった」

「呆れておるだけじゃ」

ともかく、とグラシエはカヌレを見る。

「おぬしは迷宮に潜り、姿を取り戻す手がかりを探せる。われらは荷運び役を得ることで収獲を増す。悪くない取引かもしれぬな。ミトロフ、おぬしはどうじゃ」

「ぼくも同意だ。人材は探そうと思ってすぐに見つかるものでもないだろう。良い機会だと思う」

「では決定じゃな。明日の都合はどうじゃ?」

グラシエが訊ねた。カヌレは黙ったままでいる。

「どうかしたかの?」

「あっ、いえ。まさかあっさりと受け入れてもらえると思っていなかったので。おふたりは、〝烙印の仔〟への忌避感など、あの、ないのでしょうか。特に、わたしは見た目が……」

「そういえば、魔物と思われて追いかけられていたな」

「雑踏の中でぶつかられたときに、フードがずれてしまって。顔を見られたんです。でも、あれが普通の反応かと思います」

カヌレは頭を垂れた。

「たしかに街で暮らす者にはそういう偏見もあろうな。遺物について知らねば、呪いと魔物の違いを正しく理解できんじゃろう」

と、グラシエは頷いた。

「われは狩人として生活しておったが、冒険者としての常識を聞かされて育った。〝烙印の仔〟だからと騒ぐ理由もない。おぬしがわれらを陥れようと目論《もくろ》むよほど悪辣な人間だというなら、話は別じゃが」

「とんでもありません」

カヌレは両手を振った。その動作は感情をそのまま表現したようで、どこか幼さを感じさせた。

「分かっておる。ミトロフ、おぬしは最初からカヌレの見た目を気にした様子も無かったのう？」

「見た目はたしかに奇抜だが、トロルやファングのほうが怖い」

「たしかにの。トロルに比べれば、なにを恐れることもあるまい」

ふたりは顔を見合わせ頷き合った。

カヌレの骸骨頭を見て、魔物だ何だと騒ぐのは市民くらいのものだ。冒険者にとって重要なのは、どれくらい危険かである。トロルに比べれば、カヌレはただの少女と変わりない。

ふたりの平然とした様子に、カヌレはぐっと喉を詰まらせ、黒の革手袋で胸を押さえた。いつそうしようと、厚い布地の下には冷たく硬い骨の感触がある。それは自分がもはや人間ではなく、魔物に成り果ててしまったのだという思いを抱かせてきた。

人に忌避されるのも、魔物だと叫ばれ追われることにも、すでに慣れきってしまっていた。

こうして出会ったばかりのふたりに受け入れられたことに、カヌレは戸惑いと同時に、なにかがぐっと込み上げてくるのを感じていた。苦しみや悲しみではなく、温かくて喜ばしいのに、どうしてか泣きたくなる不思議な感情だった。

「――ありがとう、ございます。わたし、精一杯がんばります」

カヌレはテーブルに額が着くほど深々と頭を下げた。

7

カヌレを外まで見送ったあと、ミトロフはグラシエに声をかけられ、店の前で並んだ。

通りには価格の手ごろな宿屋が並ぶ通りである。店の前に掲げられたランタンがポツポツと続いている。大通りのような明るさも、騒ぐ声もなく、ひっそりとした夜がしたたっていた。

「すまなかった」

とミトロフが言った。

「宿に来たことかの。それともカヌレを連れてきたことか」

「どっちもだ」

「ならば心配ない。どちらも気にしておらぬ」

グラシエはゆったりと腕を組んだ。

「少しばかり驚きはしたが……それはおぬしの星の定めに、じゃな」

「変な言い回しだ。エルフは星読みの一族だったか」

「古臭いと笑うじゃろう？」

ふふふ、とこぼして、グラシエは頬に流れた一筋の銀の髪を耳にかけた。

「夜空に浮かぶ星の動きは定まっているのだと、人間たちは言うておる。物には理《ことわり》があり、その動きの組み合わせでしかなく、そこに未来も運命もないのだと」

「グラシエはどう思う？　あの天文学とやらは、正しいと思うか？」

「さての。賢い者たちの言うことはわれには難しい。足元にあるこの地面すら回転しているのだと言われてもの」

「エルフの星読みの話も、ぼくには難しいが……」

「そうじゃな、里のご長老たちの言うことも、われには難しいわ」

あはは、と、グラシエは明るく笑い飛ばした。彼女にしては珍しいことだった。

「じゃが、エルフとして生まれ、エルフの里に生きる者として、星の定めたことには従うほかない。それが我らの使命でもあり、良く生きるための規範でもある」

グラシエはミトロフを横目に見上げた。

ミトロフはその視線に気づいて見返した。

月と星が柔らかい光を落としているために、夜の闇よりも深く青いグラシエの瞳の輝きがよく見えた。

人は時として、伝えたいことをひどく遠回しに表現する、とミトロフは思った。

父は迷宮に行けと言った。それは自分の預かり知らぬ場所で死ねと、遠回しに言ったのだと思った。ミトロフはそう受け取った。

遠回しに自分の真意を伝え、それを読み取るのは貴族の特技だ。貴族という生き物は、誰も彼もが分かりやすく物事を伝えようとはしない。それが慎《つつ》ましいからだと、欲まみれの彼らは勘違いをしている。本当に慎ましいとは、今のグラシエのことを言うのだ。そこに己の欲はない。

「星読みのせいで迷宮に来たのか」

グラシエは瞳を丸くした。会話の中にこっそりと潜ませた自分の真意が早々に伝わったことに驚いたのだ。

それから瞳は柔らかく細められ、唇からは、ふっと息が抜けた。

「まったく、聡《さと》いのう。われとおぬしとではひとつの言葉の重みが違うのやもしれぬ」

「貴族って生き物は言葉遊びが好きなんだよ。他にすることがないから」

ミトロフは肩をすくめて見せた。

「グラシエは、何のために迷宮に来たんだ？」

「……出会って間もないころ、われが地下五階に行きたいのだと言ったことを憶えておるかの？」

「もちろんだ」

グラシエは頷きを返し、通りの向こうの宿屋に視線をやった。ちょうど、扉が開き、年老いた女性がランタンに油を足している。

「今、里には病が流行《はや》っておる。われはその薬の材料を捜しに来た」

「だったら施療院に行けば」

言いかけた途中でミトロフは言葉を止めた。

薬は施療院で手に入る。当たり前のことだ。そうできるならグラシエは迷宮になど潜る必要はないはずだ。

グラシエは再びミトロフを見て、その推測が正しいことを認めるように小さく頷いた。

「人ではない――木の病じゃ」

「はあ？」

ミトロフは思わず眉を顰《ひそ》めてしまう。

「木や植物にも病がある、のか？」

「もちろんじゃよ。人や動物が病に伏すように、木々や草花も病にかかる。大抵は枯れてしまう」

「……それを治す薬があると？」

「ある」

木の薬か、とミトロフは唸った。それはまた、奇妙な薬もあったものだ。

「自然とは巡るものよ。木々は枯れ、花は散り、動物の死体は腐って土に還《かえ》る。われらだけが薬を生みだし、病を克服しようとする。それは、死ぬと困るからじゃ」

グラシエは視線を外し、ぼうっと通りを眺めた。

「エルフにとって、森は家であり、恵みであり、友であり、そして定められた土地じゃ。われらには王家との取り決めがある」

「それが木に関わっているのか」

「われらの森には聖樹と呼ばれるものがある。かつて大精霊が祝福を授けたとされるものじゃ。年初めには必ずその葉を王家に献上する必要がある」

ミトロフはその話を聞いたことがあった。今代の王は、とかく占いや祝福といった、形には見えぬが霊験あらたかなものを好んでいる。

大精霊に祝福された聖樹の葉ともなれば、王はひときわ好むだろうな、とミトロフは貴族的な打算を働かせる。そしてもしそれがないとなれば、果たして王はどう考えるだろうか。

「森の管理ができないなら……」

「われらは森を追われるであろうな。聖樹を正しく管理できるのが我らだけだからこそ、あの聖域を奪われずに済んでおるのじゃ」

「その聖樹が病にかかってるのか？」

「……葉先が、枯れ始めておる」

グラシエは通りに視線をやった。

ミトロフはようやく気づいた。彼女は先ほどから、周囲に人がいないかを確かめていたのだ。盗み聞きをされていないかを。もし他人に知られれば、どうなるか。それほど重要な話なのだ。

「……ぼくを、信頼してくれるのか」

「余人に打ち明けるのは初めてじゃぞ。感謝せい」

ふふ、と冗談めかしてグラシエは笑う。しかしその重大性は何も変わりなく、ミトロフは奇妙な感情に襲われた。お腹《なか》の中が急に熱を持ったのだ。

それは今まで、歓声をあげるほど美味《うま》いものを詰め込んだ時にしか感じられなかった感覚だった。

ミトロフにとって唯一、自分が生きていると実感できる瞬間の命の熱だった。

今、それを超えるほどの熱が、ミトロフに宿っていた。

信頼されているのだ、と。

自分のことを、人生を、存在を、性格を。ミトロフというひとつの在り方を、グラシエは信頼し、打ち明けてくれたのだ。

ぶ、ひぃぃ。と、荒く鼻息をついた。心臓がばくばくと高鳴った。

「ど、どうしたのじゃミトロフ」

「いや、なんでもない。気にしないでくれ」

ぶひ、と深呼吸をして、ミトロフは呼吸を整えた。整えようとした。いや、何だかだめそうだった。頭が浮ついてしまった。

「グラシエ、話の続きは明日でもいいか」

「う、うむ？　それは、もちろん構わぬが……すまぬな、このような話をしてしまっては迷惑だったの」

「違うさ！」

声を荒らげる。

「ぼくは今、猛烈に嬉《うれ》しいんだ。信頼してくれたことを感謝してもいる。これがどれほどグラシエにとって重要な話か、理解はできるつもりだ。その秘密を打ち明けても良いと考える存在に、自分がなれたのだと、その価値があるのだということが、嬉しい。人生で初めてだ」

と早口で言うミトロフの頬は、月明かりでも分かるほどに紅潮している。

「率直に言ってぼくは浮かれてしまっている。このままではきみの話に集中できないし、建設的な言葉も返せそうにない。頭と腹を冷やしてから、もう一度ちゃんと聞かせてもらう。では、夜分に失礼した。また明日会おう」

突き出た腹を揺らしながらも所作そのものは洗練された優雅さで一礼し、ミトロフはドタドタと通りを歩いていった。

忙《せわ》しなさにグラシエは目を丸くしていたが、口元を押さえると「ふふ」と笑い声を吹いた。

「良きかな」

青い瞳に柔らかな光をたたえて、ミトロフの背が通りの陰に溶けていくのを見送ってから、グラシエは宿に戻った。

第三幕　太っちょ貴族は迷宮でワルツを踊る

1

　ミトロフは腕を組む、ううむと唸《うな》った。ついでに腹がぐううと鳴った。宿からギルドに来るまでの通りに並ぶ屋台で朝食を済ませてはいたが、迷宮で激しい運動をすることを考え、あくまでも軽めに食べるのに留《とど》めたせいだ。

　ほとんど無意識のうちに腹を撫《な》でながらも、ミトロフの真剣な目は商品棚から離れない。

　ギルドは巨大な建造物である。地下には迷宮があり、その上に冒険者のための施設が詰め込まれている。探索のために必要なものはすべてギルド内で揃《そろ》うと言ってもいい。

　ミトロフもまた、迷宮探索に必要な小物類を前にしていた。携帯食である。

「いつまで悩んでおるんじゃ。どれも大して変わらんじゃろ」

　呆《あき》れた顔でグラシエが言った。すっかり待ちくたびれて、壁に背を預けている。

「いや、グラシエ、問題はそう簡単じゃない。迷宮内での食事……それは活力に直結するんだ。考えてもみてくれ。暗い穴の中にいれば精神は疲弊し、集中力は途切れる。それを回復する限られた手段として、食事は存在するんだ。たかが一食、されど一食。何を食べるかは、生死に直結しうる」

鼻息も荒く早口で言いきったミトロフに、グラシエはため息をついた。

胸の前に流した三つ編みの銀の毛先を指に巻き付けながら、やれやれと首を振る。

「ならば悩むこともあるまいよ。いちばん質の良いものを選べば良かろうて」

「それがな」

我が意を得たりと、ミトロフは不満げに眉間に皺《しわ》を寄せた。鼻がひくひくと動く。

「保存の利く携帯食は、どれを見ても侘《わび》しいんだ」

棚には携帯食が並んでいる。選ぶのに悩めるだけの種類はあるが、例外なく乾燥させられて長期保存ができるようになっている。小麦を焼き固めたクラッカー、カチカチのパン、皺だらけの干《ほ》し葡萄《ぶどう》、細切れの塩漬け肉……どれも食欲をそそる見た目ではない。

「冒険者とは、こんなものを食べて過ごさねばならないのか……っ！」

ミトロフは歯を食いしばった。握りしめた手のひらに爪が食い込む。

これまでは迷宮の浅い階層を往復するだけだった。空腹を抱えても、地上に戻るまで我慢すれば良かった。しかし冒険者としての成長と比例して、探索時間は延びるものだ。休憩も必要となるし、迷宮内で食事を取ることにもなる。

ミトロフなどは空腹の度が過ぎれば動くのも億劫《おっくう》になってしまう。探索での小まめな栄養補給は、今後の探索においてまさに死活問題なのである。

「探索の途中であっても、ぼくはっ、美味《うま》いものが……食いたい……っ」

「おぬしのその熱量がどこから湧くのか、感心するわ」

「グラシエ、きみだって食事は美味いほうがいいだろう!?」

「ん、む……まあ、の。気の滅入《めい》るものは食いたくないが。しかしのうミトロフや、迷宮の中で贅《ぜい》沢《たく》は言えまいて」

駄々っ子に優しく説いて聞かせるグラシエの口ぶりに、ミトロフはむすりと黙り込んだ。

分かっている。分かっているのだ。

それでも、ミトロフは諦め切れないのだ。美味いものを食いたい。その欲求はミトロフの根幹にすっかり根付いている。

「なにか、考えねばなるまい。ぼくは諦めないぞ……」

真剣な瞳でミトロフは呟《つぶや》く。苦渋の決断ながらも、今日は負けを認めようという態度で携帯食の詰め合わせを手に取る。

グラシエは呆れたようにため息をついた。

買い物を終えたふたりは、ギルドの表に出る。正面入り口の前は円形の広場になっており、不釣り合いなほどに立派な噴水が鎮座している。そこは待ち合わせの場所として重宝されていて、何人もの冒険者が朝の澄んだ光に軽鎧《けいよろい》を反射させていた。

目の良いグラシエがすぐにそれを見つけた。全身を覆う真黒の外套《がいとう》の姿は、陽《ひ》の照らす広場の中で人型にくり抜かれたように際立っている。

「カヌレがもう来ておるぞ」

「待たせてしまったか」

「おぬしが食い物に時間を浪費するからじゃ」

「難しい決断だったんだ」

ミトロフは言い訳をしながらも足を速めた。

2

カヌレは、予想外にも丸盾を背負っていた。ミトロフが迷宮の道を下りながら盾について訊《き》くと、それはいざというときの備えなのだとカヌレは答えた。

「荷物を運ぶ邪魔にはならないようにしますので……よろしいでしょうか？」

「荷物運《ポーター》びも装備を整えるとは訊くしの。われは良いと思うが」

荷物運《ポーター》びと一括《ひとくく》りにしても、内情はさまざまだ。戦闘能力のない者は最低限の防具だけを身につけ、戦闘時には安全な場所に隠れている。新人の冒険者が荷物運《ポーター》びを兼ねるときは戦闘に参加することもある。

「その盾は重くないのか？」

ミトロフの左腕にはガントレットがある。革製のそれとて軽いとは言えない。カヌレが背負っている丸盾は半身を隠せそうなほどの大きさであり、金属板で加工された表面には見事な紋章が刻印されている。

「この姿になった反動か、以前より力が強くなっているんです」

「ほう、それも呪いの効果というわけか」

カヌレは自分の荷と盾だけでなく、ミトロフとグラシエの荷も背に結んでいる。それで足取りは少しも遅れず、重さを苦にする様子もない。

何度か戦闘を挟みながら、地下四階まで最短距離で降りた。昨日は早々にトロルに出会ってしまったために、探索自体はほとんど行えていない。

改めて仕切り直すつもりで気合を入れ、通路を進む。

トロルが飛び出してきた大穴の前には、ギルドから派遣された衛兵が立っていた。勝手に冒険者が入らぬようにと道は封鎖されている。

今朝、迷宮に入る前に、受付嬢からトロルが発見されていないことを教えられていた。クエストを受けた冒険者たちが定期的に見回っているという。

「……また急に飛び出してこなければいいが」

「一度経験してしまうと、やたらと警戒してしまうのう。二度はあり得ぬとは分かっておるのじゃが」

壁から離れて恐る恐ると歩いていく。いつトロルの姿が見えるかという怯《おび》えが足を重くしたが、それもコボルドたちとの戦いが始まれば、すぐに忘れた。コボルドは素早く、凶暴で、知恵がある。片手間に勝てる相手ではない。

それでもミトロフからすれば、トロルと比べれば格がふたつもみっつも落ちる相手だ。

命を脅かす圧力的な緊張感もなく、ミトロフは冷静に攻撃を避《よ》け、踏み込んで細剣を突き、コボルドを切り払う。

グラシエの弓の腕もまた精確であり、時に四足で駆けるコボルドを射止めて見せる。

ふたりは着実に迷宮での戦いに慣れつつあった。強敵に違いないコボルドを相手にしても、焦ることなく戦えている。

コボルドは粗悪ながらも金属の武器を持っていることがある。売ればわずかな金にはなるが、その重さを考えると持ち帰るには億劫な戦利品だ。ふたりだけであれば、惜しみながらも放置していただろう。だがカヌレという荷物運び《ポーター》がいることで、全てを回収することができる。

カヌレの背には三人分の荷物と丸盾、その上に被《かぶ》さるように収獲品を詰めた麻袋が揺れている。歩くたびにガチャガチャと金属が鳴る。

「……重そうだ」

武器防具は軽いものではない。金属であれば尚更《なおさら》だ。華奢《きやしや》なカヌレには不釣り合いな荷物の多さに、ミトロフはどうも落ち着かない。

「まだまだ余裕があります」

と、カヌレはやはり平然とした様子である。

「遺物というのは、まったく不思議だな。いや、カヌレにとってはそんな軽い言葉で済ましていいものじゃないのだろうが……」

ミトロフの気遣いに、カヌレは「いえ」と苦笑した。

「わたしも同じように思います。こうして身体《からだ》は骨となってしまったのに、力は増しているのですから。でも、便利には違いありません。魔物にも押し負けません」

「それは頼もしいのう」

とグラシエは笑う。冗談だろうと思ったからだ。

それが事実であることを、それからすぐに目にした。

グラシエとミトロフがコボルドの相手をしている間に、ファングが背後から忍び寄ったのだ。

ふたりが気づいたときには、カヌレは丸盾を手にしていた。ぐっと腰を落とし、盾でファングの頭を殴り飛ばした。ファングは恐ろしい勢いで壁に叩《たた》きつけられ、起き上がらなかった。

本人の言うとおり、魔物かのような怪力をカヌレは身に宿していたのだ。

「……荷物運び《ポーター》にするのは、もったいないんじゃないか？」

ぽつりとミトロフが呟く。グラシエは無言で頷《うなず》いた。

カヌレは慌てて頭をさげ、勝手に戦闘に参加したことを詫《わ》びた。

ミトロフとグラシエは、むしろ心配の種が減ったことを喜んだ。戦えない存在を守る、という意識がどこかにあれば、それは戦いの中で邪魔になるものだ。カヌレが自衛できる力を持っているのはありがたい。

ギルドで購入した地図を確かめながら地下四階を巡っていく。

自分たちがどこにいるかを常に確認しながら、遭遇した魔物を倒していくのは、日銭と同時に自分たちの経験値を稼いでいる。

トロルと出会って感じた力の差。

ミトロフは〝昇華〟による精神力の向上がなければ、間違いなく死んでいたと思っている。

地下に潜るほどに魔物は強くなっていくだろう。その強さに合わせて自分たちも成長しなければ、死は容易《たやす》く訪れる。

階下に続く階段の場所を知っているからと、真《ま》っ直《す》ぐにそこに向かったところで、戦える力がないのであれば下に降りることはできないのだ。

しばらく探索をしてから、見つけた小部屋で休息を入れることにした。

そこは先達たちが手を入れて休息所に仕立て上げた部屋であり、中には他の冒険者たちも数組、腰を下ろしていた。

迷宮の中ではいつ襲われるとも分からず、気を抜くことは難しい。こうして安全の確保された小部屋があるだけで、救われるような気持ちになる。

ミトロフはブフゥと腹の底から息を吐いて座り込み、行儀も悪く足を延ばした。幼い頃の家庭教師が見ていたら鞭打《むちう》たれていただろうな、とミトロフは内心で笑った。

「まったく、迷宮探索というのは大変な仕事だな。身体の芯まで疲れる」

「このまま果てなく地下に潜っていくように感じるのう」

グラシエも腰を下ろし、ブーツの紐《ひも》を解いて足を引き抜いた。すらりとした細脚を折りたたみ、ぐっと背を伸ばす。

「ミトロフ、靴を緩めておくほうがよいぞ。休めるときにはしっかり休むのが肝要じゃ」

「狩人《かりゅうど》の教えには従おう」

ミトロフも見習ってブーツを脱ぐ。

「たしかに、すごく解放された気分だ」

「そうじゃろう。ほれ、カヌレも腰を下ろせ。疲れたじゃろう」

「いえ。わたしは何もしておりません」

と、カヌレは立ったまま首を振る。

「そのままではこっちが気になるわ。のう、ミトロフ」

「え、ああ、そうか。そういうものか」

「なんじゃ、カヌレを使用人とでも思っておったのか」

グラシエは呆れたように眉を顰《ひそ》めた。

「荷物運《ポーター》びという立場をどう扱うべきか分からなくてな。つい昔の癖が出たんだ。常にそばに誰かがいるから、いちいち気にしなくなる」

貴族の生活には従者が欠かせない。いつでもそばに誰かがおり、必要があれば彼らに言いつける。彼らの目を気にして、などと言っていては、貴族は何もできなくなってしまう。貴族にとって従者とは家具と同じなのだ。

「どう扱うかはパーティの方針次第じゃがの。ミトロフ、われはカヌレを使用人のように扱う気はない。おぬしはどうじゃ？」

「……ぼくもそうする気はない。もう貴族じゃないし、カヌレは使用人じゃない。悪かったよ、カヌレ」

ミトロフはカヌレに向かって頭を下げる。

「お気になさらず。こうして連れてきて頂いているだけでありがたいと思っています」

「そう言うな。ぼくのためにも休んでくれ。ほら」

ミトロフが勧める以上はカヌレも断り辛《づら》い。おずおずと腰を下ろした。黒い外套の裾は長く、ふわりと広がった。

「良きかな。さて、そろそろ食事を済ませておくかの」

「食事！　ぼくは腹ぺこだ！」

ミトロフの声に、グラシエは笑みをこぼした。

会話から察したカヌレは、てきぱきとふたりに荷物を渡した。

ミトロフはさっそく、今朝ギルドで買い求めた携帯食の詰め合わせを取り出す。木の皮をなめして折り込んだ小箱の中には、乾燥肉とチーズ、干し葡萄、黒麦のパンが入っている。

ミトロフはしょんぼりと眉をさげ、石のように硬く焼かれた黒麦パンを手に取った。

「……冒険者はパンも武器にするのか」

「これでもマシな方じゃろう」

「これを食べるほうが気が滅入らないか？」

ミトロフはごく真剣にグラシエを見た。

「食事ができるだけで良いではないか。食事なぞ身体への活力を得るための行為じゃろう」

ガーン、と後頭部を殴られたような衝撃があった。ミトロフは絶望した。

食事とは、そんなに単純なものではない、と思った。

「……グラシエ、食事とは楽しいものだ。身体に必要だから食う、必要なものが満ちるなら、なんでもいい。それではあまりにさもしい」

「う、うむ？　おぬしの言うことも分かるがの。しかし、これはどうしようもないことじゃろうて。調理器具などあればまた話は別じゃろうが」

「あの、あります」

おずおずと、カヌレが手をあげている。

ふたりはカヌレを見やり、首を傾《かし》げた。

「……カヌレ、おぬし、迷宮に調理器具を持ってきたのか？」

「……カヌレ、きみは料理ができるのか？」

同時に重なった質問に、カヌレは首を左右にふり、あたふたと順番に答えを返した。

「えと、はい、グラシエさま。持って参りました。役に立つかと思って。はい、ミトロフさま。料理はできます」

「素晴らしい！　きみが料理人だったとは！」

ミトロフはフゴフゴと鼻息を荒くした。

「いえ、料理人とはとても。手遊びでして」

「構わないさ！　この味気ない干からびた食材を少しでも美味《おい》しく食べられるなら！　なんとか頼めるか！」

「は、はい」

ミトロフの熱量に押し切られる形でカヌレは頷いた。

盾の下に背負っていた袋から、小さなトランクを取り出した。開くと、中には手入れの行き届いた調理器具が詰まっている。小型のコンロまで収まっていた。

「ほう、これは初めて見るのう」

グラシエが目を丸くした。

「行商人がよく使っている器具だそうです。休憩のたびに薪《まき》で火を起こすのも大変ですから。冒険者の方は使われないのですか？」

「はて、父からはよく冒険者の話を聞いたが、こうした調理器具などは初耳じゃの。ミトロフはどうじゃ？」

「ぼくも知らないな。しかし、これがあればどこでも厨房《ちゅうぼう》になるということだろう？　素晴らしい製品だ。誰が考えついたんだろう」

「そこまでは、わたしも」とカヌレは苦笑した。「ですが、有名な錬金術師の方でしょう」

カヌレは慣れた動きでコンロを組み立て、小さな鍋を乗せて火をかけた。

小型のナイフで干し肉を裂き、それを炒《いた》める。水を加えて、黒パンをちぎりながら入れていく。鍋の中でパンはほろほろと崩れ、やがて粥《かゆ》のようにどろりと溶けた。

カヌレはチーズをナイフで細かく削って粥に混ぜ、小瓶に入った調味料を数種類、振り込んだ。くつくつと泡が立つまで煮てから、取り出した食器に分けた。

「なんじゃ、手慣れておるのう！」

グラシエが感心した声で食器を受け取った。

「きみの荷物は食器と調理道具ばかりなのか？　手際も素晴らしいな」

感心した様子でミトロフも受け取る。

カヌレは返事代わりに、少し困った風に頷いた。

「ただ、すみません。わたしは味見ができないので……味の調子が悪かったら教えていただけますか？　調整します」

「これはなんという料理なんだろう？」

ミトロフはフゴフゴと匂い立つ湯気を吸い込みながら言う。

「名前、ですか？　黒麦パンのリゾット、でしょうか」

「携帯食、なんて味気も匂いもない名前よりずっと良い！」

ミトロフは貴族のマナーとしての儀礼的な祈りを唱えてから、匙《さじ》ですくったリゾットを食べた。

「――うまい!!」

思わず叫んだ。

煮崩れたパンは柔らかく、まさに粥である。溶けたチーズの濃厚な風味と、焼かれて香ばしい肉の旨《うま》みが混ざり合い、疲れた身体に染み渡るような味わいだった。

「これは良い味じゃな。少し塩辛いが、動かした身体にちょうどよい」

と、グラシエも頷いた。

「塩が強かったでしょうか？」

「干し肉のせいじゃろう。冒険者はとかく汗をかいて塩を失うでな。行商や旅人用の干し肉より強く塩をすり込んでおるのじゃよ」

「なるほど……それは知りませんでした。勉強になります」

頷くカヌレの様子に、グラシエはほう、と感心した。

遠慮がちに一歩も二歩も引いた態度を見せるカヌレであるが、料理となるとその遠慮がなくなっている。それだけ、カヌレは真剣に料理に向き合ってきたのだろう。

「うまい。これならいくらでも食える！」

ミトロフは早々に、自分に取り分けられた粥を食べきってしまった。名残惜しげに空いた食器を見つめている。

カヌレはくすくすと控えめな笑い声をこぼした。

「そう仰《おつしや》っていただけると嬉《うれ》しいですね。作り甲斐《がい》があります」

「毎日きみの料理が食べたいよ。宿の食事はひどいんだ」

「ひゃっ」

とカヌレが驚くものだから、ミトロフは何事かと思った。

グラシエはミトロフの膝をペシっと叩いた。

「それは庶民の中で結婚を申し込む常套句《じようとうく》じゃぞ」

「……なんだって？　それは、すまなかった。ぼくは市井の常識が足りてないところがある。許してほしい」

「い、いえ。わたしもすみません、その、驚いたものですから」

ふたりしてぺこぺこと頭を下げる姿を隣に、グラシエは苦笑しながら粥をすすった。

突然に出会ったカヌレという少女は、どうしてか呪いを受けてスケルトンの姿となってしまって

いる。素性も不明、表情も見えない相手と迷宮に潜ることに不安がなかったと言えば嘘《うそ》になる。

しかしこうして実際に共にしてみれば、なんだ、悪くないではないか。

なにより、粥はたしかに美味かった。

3

数日をかけて、地下四階の攻略は順調に進んでいた。コボルドはたしかに強力な魔物だが、ミトロフとグラシエもまた、魔物とどう戦うかという点で経験を積み、対策を練っている。

探索後や、休憩の間に時間を設け、互いの感じた不安や改善点などを話し合うことで、連携がよりうまくいくようになった。

三人は地下五階へと降りる階段を目指している。

通路を進みながら、ミトロフは数日前のグラシエとの会話を思い出している。聖樹の病を治す薬の材料を求めて、この迷宮に来たのだと。いよいよ彼女が目標としていた階に足を踏み入れる。このままいけば、そう遠くないうちにグラシエの目的は達成されるだろう。

そうなれば……あれ？

と、ミトロフは目を丸くした。

グラシエが求める材料を手に入れたら、彼女が迷宮に潜る理由はもうない。ならば、このパーティは解散ということになるのではないか。

それは至極当たり前のことのように思えた。

ミトロフはなぜか、この新しい日常がまだまだ先まで続いていく気がしていた。

もっと魔物と戦いたい。もっと地下まで進みたい。迷宮に悪戦苦闘しながら、生きているという実感を手にしたい。

自分の考えと、グラシエの考えは違う。立場も目的も、迷宮に求めるものも。だからこそ、その違いが決定的になったときには、違う道を行くしかないだろう。

ミトロフはぽっかりと開いた穴を覗《のぞ》き込むような空虚感に襲われた。自分の爪先をじっと見つめていたために、通路の先にいた冒険者パーティに気づいたのはミトロフが最後だった。

地下五階へ繋《つな》がる階段の前に、四人の男女がいる。

「よう、あんたら、ちょっといいか」

声をかけてきたのは小柄な茶髪の少年だった。革鎧を身につけ、長剣を背負っている。歳《とし》はミトロフと同じころだろうが、堂々とした態度や使い込まれた防具に冒険者としての風格があった。

「はて、なにかあったかの」

と、グラシエが対応する。一見して朗らかな様子だが、ミトロフは彼女がいくらか警戒している様子なのを見てとった。

迷宮内での冒険者同士の争いはご法度だとギルドが定めている。剣を抜いて争うようなことになれば、両者ともにギルドから厳しい罰則が下される。

しかし実態として、迷宮内にギルドの見張りがいるわけでもない。冒険者には荒くれも多い。警戒してしすぎることはないのだ。

相手もそれは分かっているようである。両手をあげ、敵対する意思がないこと示している。

「おれたちは〝狼々ノ風《ろうろうのかぜ》〟っていうもんだ。この階層で〝はぐれトロル〟が目撃されたって話を聞いてないか？　その捜索と討伐を請け負ってるんだ」

「おお、そうであったか。それは頼もしいのう」

と、グラシエは頷く。

ミトロフは、少しばかし複雑な心境で目の前のパーティを眺めた。そのトロルを発見し、戦い、逃してしまったのが自分たちなのだと、言うに言えない気恥ずかしさがある。それはミトロフが初めて感じる感情だった。見栄《みえ》、あるいは矜持《きょうじ》。言葉はいくつかあるが、正確に表現するのは難しい。

ミトロフは、同年代ながらに熟達した冒険者に見える少年に、負けたくないと思っている自分に気づいた。

少年の後ろに、三人の仲間がいる。

身の丈ほどもある盾を背負ったドワーフ。灰色のローブ姿に、メイスを抱えている女性。あとのひとりは小柄な身を緋色《ひいろ》のローブで隠し、身長よりも長い杖《つえ》を抱えている。

「あんたら、ここまでの道でトロルか、その痕跡を見なかったか？」

「いや、ひと通り巡ったとは思うが、なにもなかったの」

「だろぉ？」

と、急に少年が声音を高めた。

「ぶっ壊れた穴はあるから、トロルがいたってのは事実なんだろうけどさ。いねえんだよな。あの横穴から下に逃げてったんじゃねえかと思うんだけどさ。証拠もないし、ギルドになんて報告すりゃいいのか悩んでるんだよ」

少年は頭の後ろで手を組み、ちぇっ、と舌打ちした。

「おれたちが遭遇してたらなあ、逃さなかったのに」

と、ひとこと。

ミトロフは胸のうちに湧き上がる感情を持て余した。

グラシエは目の端でミトロフの様子を窺《うかが》うと、何事もない様子で少年に話しかけた。

「さて、そろそろ良いかの。今日は地下五階まで降りたいのじゃ」

「お、悪りぃ。地下五階は初めてか？　守護者の〝緋熊〟には気をつけろよ。戦わなくても下には行けんだから、無理はすんな」

それはミトロフたちを気遣った言葉であるのに間違いなかった。それでも自分たちの力を低く見積もられているような気がして、ミトロフは良い気がしない。

けれど同時に、この少年たちにはそれだけの力があるのだろうと分かってもいた。〝昇華〟には人を大きく変化させる神秘があり、彼らがそれを何度、経験したのか。少なくとも一度きりの自分たちよりは多く、差は開いているような気がする。

すれ違い、階段を降りながら、グラシエがミトロフに肩を寄せた。

「気にするでないぞ、ミトロフ」

「してないさ。ただ、ちょっと驚いたんだ」

小首を傾げるグラシエに、ミトロフは言う。

「……ぼくは、今までこんな気持ちを抱いたことがなかった。誰にも期待されなかったし、無能だと思われてきた。それをどうとも思わずに受け入れてきた」

父、兄、使用人。貴族の社交場で出会う少年少女たち。

立場は低く、能力もなく、丸々と太った自分は、出会うすべての人に見下され、慇懃無礼《いんぎんぶれい》に馬鹿にされてきた。

そしてミトロフもそれを否定しなかった。そうしようと思わなかった。彼らの言うことはもっともなのだ、と思った。

「だけどさっき、ぼくは、悔しかったんだ。見返したい、ぼくはもっとやれる、それを証明して理解させたいと思った」

思わず、ミトロフは胸を押さえた。

心臓の鼓動。その奥に、未《いま》だかつてないほどの熱がある。渦巻いた熱はミトロフの全身に送り出され、血液を沸騰させ続けているようだ。

「ぼくは、あのトロルを倒したい。さっきのパーティに奪われたくない。あのトロルは、ぼくの獲物だ――と、こんなにこだわるのは、おかしいだろうか」

ミトロフはふと、不安になった。かつてないほどの激情に、ミトロフ自身が戸惑っている。感情の扱い方に悩んでいる。

訊《たず》ねられたグラシエは青い瞳を細める。水面に反射した夏の日差しかのようにミトロフを見る。

「……おぬしもやはり、男《お》の子なんじゃのう」

「負けず嫌いのバカとでも言いたそうだ」

「その通り。そしてそれは、狩人にも冒険者にも必要な気持ちじゃろう。父もそうであった」

ふ、ふ。と笑みをこぼし。

良きかな、とグラシエは言った。

「われらもトロルを探そうではないか。あやつに手傷をつけたのはわれらが先。たしかに間違いなく、あれはわれらの獲物よ」

「……いいのか？　危険だろう。それにこの階は」

きみの探し求めるものがある場所なのに、と。その言葉は言えなかった。

グラシエが人差し指の先をミトロフの唇に当て、しっ、と止めたのだ。

「男の子は、己の矜持を守るために戦わねばならぬ時があるという。ミトロフ、おぬしにとってはそれが今なのじゃろう。これは大事なことじゃ」

「そうか。そうなのかもしれない……ありがとう」

「なあに、われとて、先だっては何もできなかったゆえな。憂さを晴らす良い機会じゃ」

ふたりで顔を見合わせ、笑い合う。

そこにおずおずと、大変申し訳ないのですが、という口ぶりで、声がかかった。

「あの、宜《よろ》しければ、どういう事情なのかお聞きしても……？　申し訳ありません、良い雰囲気のところを……」

「そ、そうであったな！　カヌレにもちゃんと説明しておかねばなるまい！　じゃが良い雰囲気などでは決してないからの！　誤解せぬように！」

と白い頬に朱をさしながら、グラシエがトロルとの一件を説明する。

それをミトロフもまた聞きながら、ついに地下五階へと降り立ったのだった。

4

石造りなのはこれまでとは変わらず、しかし奇妙に張り詰めた気配を感じる。新たな魔物が巣食う場に足を踏み入れたせいかもしれない。あるいは、この階を支配している〝守護者〟という存在の影響力だろうか。

景色もやることも変わらずとも、三人の心構えはいくらか改まるものがある。

「この階に出るのは、〝青鹿〟と〝黄土猪《おうどいのしし》〟じゃの。これらと戦って経験を積みながら、トロルを探索する、という形で進もう」

階段を降りてすぐの小部屋は、これまで通り冒険者のための休憩部屋となっていた。三人はひとまず通りすぎ、通路を進むことにした。

青鹿も黄土猪も、コボルドや狼《おおかみ》とはまったく違った魔物である。どれだけ早く適応できるかによって、迷宮の探索の難易度も時間も大きく変わる。

ミトロフは、通路の横幅がこれまでよりも広いことに気づいた。上層階では両手を広げた大人が横に三人並ぶほどだったが、それよりも余裕がある。通路が波打つように、凹《へこ》んだり膨らんだりしていて、幅が均一ではないのだ。

先頭を歩くグラシエが持つランタンの光に生まれた壁の陰影が凸凹と歪《ゆが》む。ミトロフはふと、それが鑿《のみ》で削られた石材の跡のように思えた。

「なあ、グラシエ、これは」

「しっ」

と、グラシエが鋭く息を鳴らす。

直角になった通路を曲がってすぐの場所で、三人は足を止めた。

グラシエが中腰となって通路の奥を青い瞳で注視する。

ミトロフもカヌレも気づく。この先に魔物がいる、と。

「気づかれておる……突っ込んでくるぞ！」

直後に、聞こえる。硬い蹄《ひづめ》が石畳を踏みしめて蹴飛ばすように駆けてくる音である。

ミトロフもその姿をついに見た。

「黄土猪か！」

名の通り毛並みは薄汚れた黄土の色。体高はグラシエの背丈に届かんばかり、横幅はミトロフに負けず劣らない。口の端から生えた二本の牙が弧を描いて上向きに伸びている。フゴ、フゴ、と荒い吐息を響かせながら、巨体が真っ直ぐにこちらを狙ってくる。

「カヌレ！　避けろ！」

ミトロフは背後を見る余裕もないままに声をあげ、刺突剣《レイピア》を抜いた。眼前に掲げ、腰を落とす。

自分よりも重い存在が、驚異的な速さで突っ込んでくる。ぶつかれば怪我《けが》では済むまい。

その事実を分かっていながらも、ミトロフの思考は冷静だった。〝昇華〟によって得た精神力の向上は、ミトロフにどんな時でも冷静さを与える。

しかし冷静さとは現実を認める能力に過ぎない。

細剣を構えてはみても、あの巨体を受け止められるわけがない。跳ね飛ばされるだけだ。

精神が耐えられるギリギリまで黄土猪を引きつけてから、ミトロフは横に跳んだ。

分厚く、生ぬるい風の束が通り過ぎたようだった。

直後。

ガツン、と腹の底まで震わすような硬い音が響く。

贅肉《ぜいにく》の身体を揺らしながら必死に起き上がったミトロフが振り返ると、黄土猪は壁に牙をめり込ませていた。壁が削れ、広がっているのは、こうして黄土猪が何千、何万回と牙を打ち込んできたせいなのだ。

黄土猪が動きを止めている今が攻撃の機会である。しかしミトロフからは遠い。巨体であることは黄土猪と同じでも、ミトロフは四つ足ほど速くは走れない。

だが動物を相手取ることにミトロフよりも遥《はる》かに優れた存在がいた。

頭を振りながら身体を反転させた黄土猪の顔をミトロフが認めたとき、その額に矢が突き立った。

「魔物であろうと猪ならば慣れた相手じゃ」

弓弦に二の矢をつがえたグラシエが鋭い目で黄土猪をとらえている。黄土猪は額の矢に苦しむようにもがき、壁を牙で削り、身体を打ちつける。とても近づける様子ではない。

避けていたカヌレが小走りでふたりに寄ってくる。

「これは、どうしましょう?」

「とどめを刺すにも、近づきようがないな」

ううむ、とグラシエが唸った。

「並の猪であればあれで仕留められるのじゃが……さすが魔物、ということか。皮か肉か骨が頑丈なのかのう。この弓の張りでは通用せぬのかもしれぬな」

狩人として頼り愛用してきた弓を、グラシエは複雑な気持ちで見つめた。これまで何の不満も、また不安もなく、すっかり手に馴染《なじ》んだ弓である。

しかし野山の獲物を狩るのには良くとも、魑魅魍魎《ちみもうりょう》の棲《す》む迷宮にあっては、これでは心許《こころもと》ないということが明らかになりつつあった。

黄土猪は頭を壁に擦《こす》りつけることで矢を無理矢理に抜き去ると、怒りを呼気にしながら三人を見据えた。

ガッ、ガッ、と地面を前脚で削り、いざと体重を掛けたその膝に、矢が刺さった。

黄土猪は崩れ落ちるように地に伏せた。そこに再び、グラシエが矢を引き絞る。いつもよりも強く引いたことで、弓が苦しむように軋《きし》み鳴いた。

放たれた矢は黄土猪の額の傷を違わず打ち抜き、今度こそ、その息の根を止めた。

「お見事」

とミトロフは感嘆し、細剣を鞘《さや》に納める。

弓とはとかく扱いの難しい武器である。狙った場所に当てるには長年の修練が必要となる。軍にあっても、習熟した弓兵は他のどの兵よりも価値があるものだ。

これだけ離れた黄土猪の額を二度重ねて撃ち抜くというのは、見識の薄いミトロフからしても相当な腕前に違いないと分かる。

しかしミトロフが見やれば、グラシエはわずかに唇を尖《とが》らせて不満そうな顔をしている。

「あれは眼孔を狙ったのじゃ。〝昇華〟のおかげで力は増したが、慣れねばいかんのう」

「……それでも、大変な腕前だと思いますが」

おずおずと言うカヌレはすっかり感心したという様子である。

「森では、猪よりも素早い小動物を狙うことが多いでな。あれだけ的が大きければ気が楽じゃよ」

「そういうもの、ですか」

カヌレは何とも不思議なことだ、というように頷きつつ、黄土猪に近づいていく。

「猪は牙だけでなく、毛皮や脚の腱《けん》、肉も骨も、余すところのない恵みの動物じゃ。とはいえ、迷宮でこれを解体するのも、持ち帰るのも大仕事になろう」

森での狩りであれば、喜びを携えて仲間を呼ぶなりするものである。

だがここは迷宮であり、黄土猪はあくまで探索をする上での障害のひとつという扱いでしかない。

三人は相談しながらも、やはり回収するべきものを厳選することにした。

二本の牙と背の肉である。牙は討伐の証明にもなっている。背の肉はギルドの食堂だけでなく、街にも普及しており、魔物を忌避しがちな市民にも受け入れられている食材だ。

「……果物の甘いところだけを齧《かじ》って捨てるような気分じゃのう。罪悪感がある」

「狩人の習慣というやつか」

「うむ。仕留めた以上は余すところなく活用したいものじゃが……ええい、森での意識を迷宮に持ち込んではいかんな。先に進もうぞ」

グラシエが先頭に立って斥候を。荷物を抱えるカヌレが真ん中を歩き、ミトロフが最後尾となる。

ミトロフは周囲を警戒しながらも、先頭を歩くグラシエの様子を見ていた。

普段と変わらないようでいて、少し違う。通路の分かれ道や、広い通りに出ると、ふと辺りを見回し、じっと目を凝らす。それは何かを捜しているようにも見える。

グラシエの目的がこの地下五階にあるということを知らなければ、ミトロフも気づかなかったかもしれないほど些細《ささい》な変化。だが間違いなく、グラシエはここで探し求めているのだ。故郷の聖樹の病を治すための薬の材料を。

慎重に通路を進むうちに、何度か他の冒険者たちが戦っている姿を見た。黄土猪を相手に、それぞれのパーティで戦略が違うようだ。力の強い戦士などは大楯《おおたて》を構え、真っ向から黄土猪を受け止めている。

休憩のための小部屋に向かう途中でもう一度、黄土猪と出会った。グラシエが再び、今度はじっくりと狙いを付けて弓を射掛け、額を一矢で仕留めた。グラシエは〝昇華〟によって筋力が強化されている。その力で引かれた矢の威力は凄《すさ》まじく、黄土猪に的中した矢は根元まで深々と刺さっていた。ただ、力と狙いの正確さを両立するのには、まだ苦労があるらしい。

「黄土猪の相手は難しいな」

と腕を組みながら、ミトロフは言った。

安息地である小部屋の中で、三人は腰を下ろしている。

「グラシエに頼り切った戦法だ。ぼくは正直、あの黄土猪と打ち合える気がしない」

「パーティである以上、役割分担というものじゃろう？　ミトロフの不得手をわれが補う、それだけのことよ」

「そうか……そういうものか？」

と、ミトロフはカヌレに訊ねた。

カヌレは携帯コンロで温めていたケトルを手にしたまま、ふと首を傾げた。

「わたしがどうと言える立場でもないですが……そうですね、包丁には種類があります」

「うん？　うむ」

「果物のための包丁では、硬い野菜は切れません。ですが硬い野菜のための包丁では、果物を繊細に切れません。調理するものに合わせて道具もまた変えるべきですから、硬い野菜を切れないからと言って悩むものではないのでは、と思います」

「そうか、ぼくは果物包丁だったか。たしかに」

とミトロフは頷いた。

「いえ、決して頼りないという意味ではなく！」

「いいんだ、分かってる。ためになる話だった」

腑《ふ》に落ちるものがある。

ミトロフの学んだ剣技は貴族としての決闘が主軸となっている。つまり対人剣であり、狩りをするものではない。

人とはまったく脆弱《ぜいじゃく》なもので、どこを切ろうと刺そうとすぐに行動不能になる。

ゆえに素早く動き、軽く切り、刺す。それで良い。

しかし黄土猪ともなれば、軽さは全く通用しない。カボチャに果物包丁で挑むようなものだ。単純に相性が悪い。

「しばらくはグラシエを頼りにさせてもらう」

と、ミトロフは頭を下げた。

「なんじゃ、今さら。そんなことを気にするな。これまではわれの方がミトロフを頼りにしてきたでな、助け合いじゃ」

と、グラシエは笑った。

「わたしも、荷運びと料理しかできませんが……」

おずおずと差し出されたカップには紅茶が入っている。ふわりと気を鎮める柔らかい花のような香りが漂う。

「こんなものまで用意してきたのか」

とグラシエが感嘆しながらカップを受け取った。

「ギルドの売店で売ってありました。冒険者の方が休息中に好んで飲む茶だそうです」

ミトロフも受け取り、匂いを嗅ぐ。

貴族に欠かせないのが茶会である。昼は紅茶、夜はワイン。それらは楽しむものというより外交手段でもある。幼いころからの教育にも欠かせないために、ミトロフもまた紅茶には詳しい。

香りだけで茶葉の銘柄が分かった。貴族家では使用人などが飲むような安物である。しかし味を確かめれば、美味い。

「……淹《い》れ方がいいな。甘味もちょうどいい」

「ありがとうございます。蜂蜜の小瓶もあったので、買っておきました」

「カヌレ、きみはもしかして……」

と、言いかける。

紅茶に蜂蜜を入れるのは茶会で貴婦人に好まれる飲み方だ。だが、ただ入れれば良いというものではない。

蜂蜜にも種類があり、質がある。味わいはすべて違う。苦味があるもの、あっさりとしたもの、溶けにくく甘すぎるもの。

どの紅茶に、どの蜂蜜を合わせるのか。そのために抽出の仕方まで変えることもある。

それらは貴族としての造詣であり、ときに自慢げに語るべき知識なのだ。

この紅茶はミトロフが飲んでも満足するほど出来が良い。それを淹れられるカヌレは、いったい何者なのか、と考えて。

「いや、何でもない。美味しい紅茶だ。小腹が空《す》いたんだが、なにか食べるものはあるか？」

「はい、軽食をご用意しますね」

テキパキと動くカヌレは楽しそうだ。表情は分からずとも、身体の動きには感情がしっかりと出ている。

迷宮に潜る人間には、それぞれに事情がある。グラシエにも、ミトロフにも、カヌレにも。

相手が自ら語るなら喜んで耳を傾けるが、そうしないのであれば、こちらから訊きだすのは野暮というものだとミトロフは思った。

どんな立場で、なにをしていたとしても、今ここにいるカヌレだけを見て判断すべきだ。ミトロフが〝貴族の無能な三男坊〟という肩書きを捨てたように。

すべてを失って迷宮に来たが、代わりに自由を手に入れた。ここではミトロフはただのミトロフであり、自分の行いこそがその人を形作る。単純明快なその構造が心地良いのだ。

カヌレは手際良くサンドウィッチを作った。

ミトロフは大口でかじる。中には塩漬け肉を刻んだものと、パプリカの酢漬け、オリーブのスライスが入っていた。肉の強い塩気を酢が和らげてくれる。オリーブの香りとパプリカの歯応えが楽しい。

ミトロフの胃袋には物足りないが、美味い食事はそれだけで心を癒してくれる。これでもうしばらく、迷宮を探索できそうだ。

5

「……おかしいのう」

と、グラシエが首を傾げている。休憩を挟んでから小一時間ほど、迷宮内を歩き回っていた。二度、黄土猪と出会った。冒険者ともすれ違った。

「〝青鹿〟をさっぱり見かけぬ」

「珍しいのか？」

「いいや。青鹿のほうが多いくらいだと聞いたがのう」

ミトロフとしては、黄土猪で活躍できない分、青鹿を狩るために奮闘しようと考えていた。それが見つからないとなると肩透かしである。

黄土猪の戦利品はもう十分である。カヌレは牙の束を結んで背負っているが、これ以上に荷物が増えればいざというときに動きが悪くなってしまう。

青鹿と戦い、その戦い方を確認できれば、今日はもう引き返して構わないという状態なのだが、その青鹿がさっぱり現れない。

「……見つからぬことには仕方ないのう。戻るか」

グラシエの提案に、ミトロフもカヌレも異論はなかった。

ミトロフはあまり疲労を感じていなかった。黄土猪はグラシエの領分であったし、地下五階に至るまでに相手取ったコボルドやファングにはもう慣れつつある。

しかし迷宮にまだ慣れぬだろうカヌレの様子は気にかかる。平然とした振る舞いをしているように見えるが、顔はフードですっぽりと隠れているし、髑骨頭から顔色を窺う、というのも難しい。

戦闘に参加していないとはいえ、そろそろ地上に戻るほうが良いだろうとは思う。

三人は来た道を戻っていく。相変わらず黄土猪の姿は見かけるものの、青鹿は影も形もない。そのまま地下四階に上がれば、コボルドとファングの相手でミトロフが忙しくなった。

とはいえ、十分に余力があり、無理をする必要もない。一戦ずつを丁寧にこなしていけば、つつがなく地上に戻ることができた。

カヌレがまとめていた荷物を査定に出し、その待ち時間にグラシエが受付嬢に話を訊いた。受付嬢は鼻からずり落ちた大きな丸眼鏡を押し上げながら苦笑している。

「実はその件も調査中なんです。ここしばらく青鹿が減少しているという報告はあったのですが、ついにめっきり姿を見なくなってしまったという話で」

「……めっきり？」とグラシエが繰り返す。

「はい、めっきり」と受付嬢は笑顔で答える。

「それは、異常事態じゃないのか？」

ミトロフの質問に、受付嬢は「あはは」と笑った。

「正直なところ、分からないんです。そもそも私たちは迷宮のことをほとんど理解していません。なぜ魔物が生息しているのか、なぜ倒しても数が戻るのか、地下に何があるのか……平常が分からない以上、どこからを異常事態と判断するべきか困るんです。それに」

と一拍置いて。

「これが異常事態だったとしても、解決法が分かりません」

はっきりと言われてしまう。

ミトロフは「ぶっ」と鼻を詰まらせ、それもそうか、と頷いた。

ギルドとて、迷宮のあらゆることを知っているわけではないし、魔物の生態系を管理しているわけでもない。彼らの仕事は迷宮に潜る冒険者の管理であり、その探索の補助と、産出物の買取である。魔物がいなくなろうと、それをどうこうできるわけではなかった。

受付嬢の元に、作業服を着た小人《ホビット》が駆け寄り、書類を渡した。

「あ、査定部から評価がきました。ご確認ください」

ミトロフが受け取り、ざっと査定を眺める。当然ではあるが、これまでの探索でもっとも実入りの良い結果となった。黄土猪の角は悪くない値段だ。

それをグラシエとカヌレに共有してから、サインをした。受付嬢が現金の用意をしながら、「あ、そういえば」と話題を変えた。

「先日、鑑定を依頼された遺物の本ですが、〝魔法の書《マジック・ブック》〟であると判明しました」

「ほう、それは高そうだな」

迷宮や異物には疎いミトロフですら、〝魔法の書《マジック・ブック》〟については知っている。古代の叡智《えいち》が記されたその本を開けば、理《ことわり》を越えた奇跡――魔法を使用できるという。

かといって常人がすぐに使えるわけではなく、〝魔術師の塔〟で厳しい訓練を受けた魔法使いだけに許された秘術だと言う。

お宝と呼んで間違いないだろうことに、ミトロフは鼻息も荒くしたのだが、受付嬢は眼鏡をずり下げつつ苦笑した。

「珍しいことには間違いないのですが、中身に記されていたのが、〝映像照射《ライカリール》〟だったそうで。あくまでも〝生活魔法《コモン》〟ですから、ご期待ほどの値打ちではないかもしれません」

「……む、そうか」

遺物の〝魔法の書《マジック・ブック》〟であっても、やはりピンキリはあるらしい。密《ひそ》かに期待していたこともあって、そこまでの価値ではないと分かると、やはりがっくりはくる。

「いかがしましょう？　〝魔術師の塔〟に買取を依頼するか、ギルドのオークションに出品することもできますが」

ミトロフはグラシエに振り返る。ふたりで見つけたものである以上、一存で決定することはできない。

しかし、グラシエはミトロフと受付嬢のやりとりにちっとも気を払わず、わずかに俯《うつむ》いて何やら考え込んでいる様子だった。

「グラシエ、どうする？」

「……ん？　なにがじゃ」

「〝魔法の書《マジック・ブック》〟だよ。オークションに出すこともできるそうだが」

「われはそうした仕組みに詳しくないでな。ミトロフが決めるほうが良かろう」

と気もそぞろに答える。

何か別のことに気を取られているようだ、とミトロフは顎肉を揉《も》んだ。

「とりあえず、保留でいいだろうか。しばらく預かっててもらえると助かるんだが」

「分かりました。でも早めにご回答をお願いしますね。では、こちら、今回の買取金です」

ミトロフは金を受け取り、グラシエとカヌレを連れてカウンターを離れた。

三人はそのまま併設の食堂に向かう。

食堂にはいつも冒険者たちの姿があり、大抵、彼らは酒を手にして騒いでいる。喧騒《けんそう》からできるだけ離れた隅の席を選んで、ミトロフたちは腰を下ろした。

普段はグラシエが場を仕切るのだが、今回はミトロフがその役を買った。

「今日も無事に帰ってこられた。カヌレのおかげで良い実入りだ」

「いえ、足手まといになっていなければ良いのですが……」

「全くなっていない。カヌレのおかげでとても捗《はかど》っている。食事も最高だ」

それは本心だった。荷物を預かるポーターとしての役割だけでなく、カヌレの作る食事や紅茶により、休憩時間が充実した。よく休むことは重要である。

「カヌレが頑張ってくれたおかげで収獲品も多かった。いつも通りに分配しよう」

と、ミトロフは先ほど受け取ったままの金額を机に置き、山を分けようとした。

先日の話し合いで、探索で得た金額のうち七割をミトロフとグラシエが、三割をカヌレが得ることになっている。

それを止めたのはカヌレである。

「その件なのですが、わたしは荷物をお預かりしているだけですし、命の危険に立つのはおふたりですから、三割も頂くのは不公平ではないかと考えておりました」

毅然《きぜん》とした物言いだった。ミトロフがなにをどう言おうと、そこだけは譲れないという意固地にも思えるほどの硬さがある。

普段ならグラシエが説得してくれるところだが、ミトロフが見やると、グラシエは視線も曖昧に物思いに耽《ふけ》っている。会話が耳に入っているようにも見えない。

ミトロフとしては現状で構わない。しかしカヌレが受け取らないというのであれば、無理に押し付けることもできない。

「なら、ぼくらで八割、カヌレは二割でどうだろう?」

「……荷物運び《ポーター》としてはそれでも過分に思います」

「荷物運《ポーター》びだけじゃない。食事作りも正式に頼みたい。きみの料理というスキルはとても魅力的だ」

それはミトロフの本心だった。

これから先も迷宮に潜る以上、滞在時間は長くなる。必然的に迷宮で食事をすることになり、そうなればギルドの売り出す携帯食に頼るしかない。

しかし携帯食の味気なさは度し難い。そしてカヌレの作る料理と紅茶を味わってしまった。

ミトロフにとって食事は命に関わる重大な要素である。迷宮の中でも美味いものを口にできる。これほどの価値はない。

ミトロフの提案に、カヌレはおろおろと戸惑った様子を見せたが、それでも頷いてくれた。

「そういうことでしたら。わたしの腕前でどの程度ご期待に応えられるかは分かりませんが……」

「それは良かった。これで迷宮で過ごす不安が減ったよ。グラシエもそれでいいか？」

「……ん、ああ、構わない」

と、グラシエが上の空のままに頷いた。

ミトロフはその様子のおかしさに気づきながら、訊ねることはしなかった。グラシエがこれほどに悩む原因は、彼女が迷宮に潜る理由——地下五階で起きている異変に起因していることは間違いなかったからだ。

どうするべきかと悩みながらも、ミトロフはこのまま打ち上げを兼ねた食事会を提案した。

しかしカヌレは、街での市場が開いているうちに迷宮に持ち込む食材を買いに行きたいからと辞退した。

フードのために視線は分からずとも、彼女もまたグラシエの様子がおかしいことには気づいていた。その原因にミトロフが心当たりがあろう、ということも分かっている。

それはふたりの事情であり、そこに自分が首を突っ込む立場ではないと理解しているからこそ、早々にこの場から離れようという気遣いであった。

ミトロフはカヌレのその配慮を理解した上で、ありがたく受け取ることにする。

食堂からカヌレの背中が見えなくなって、それから周囲を見回し、近くに誰もいないことを確認してから、ミトロフは声をひそめた。

「グラシエ、どうした？　例の薬に関することか」

「……うむ」

グラシエは頷いた。普段から雪のように白い肌であるが、今は血の気すら感じられない。

わずかに揺れている瞳で、グラシエはミトロフを見返した。

「青鹿がおらぬのでは、聖樹の病を治す薬は作れぬ。〝仔鹿《こじか》の角〟が必要だったのじゃ」

「……〝仔鹿の角〟？　それくらい、ギルドで保管されてないのか？」

ギルドは冒険者の持ち帰った素材の大半を買い取っているし、市場に出回る素材を取りしきっている。

「この街に来てすぐに確認したが、ギルドにはなかった」

グラシエは首を横に振った。

「仔鹿の角は特別な素材なのじゃ。ただでさえ仔鹿は滅多にその姿を見せぬうえ、角は切り離してから三日で効力を失ってしまう。こうしてわれが迷宮に来たのも、角を狩ってすぐに森に戻るためじゃ」

「……そうか、そして今、青鹿すらいなくなっていると」

「そうなってしまった原因すら不明となれば、われにはどうしようもない。じゃが、このままでは聖樹は死んでしまう。われら一族も森を追われよう……困ったものじゃ」

冗談かのようにグラシエは苦笑した。しかしその顔に面白がる様子などなく、瞳からは今にも涙がこぼれ落ちそうだった。

グラシエにとって、森とは故郷なのだろう。そこには家族がいて、友人がいて、彼女の人生がある。思い出がある。失いたくはない大切な場所なのだ。

ミトロフはそれを理解できた。自分にはない感情だった。ミトロフには、そこまで真剣に思い悩むほどに守りたいものがない。

ただ、グラシエが大切にしたいと願うものなら、それは素敵なものなのだろうとミトロフは思う。守るための価値があるのだろうと。

「大丈夫だ。何とかなる」

とミトロフは言った。

「トロルと一緒だ。捜そう。見つかるまで、何度でも迷宮に行こう。理由が分からずに青鹿がいないなら、ひょっこりと戻るかもしれない」

それは根拠のない気休めにしかならない言葉だった。

だがミトロフは真剣に、本気でそう思っていた。心からの言葉だった。

だからこそグラシエは、目を丸くした。呆気《あっけ》に取られてしまった。

あまりに当たり前で、真っ直ぐで、愚直で、だからこそ思いつきもしなかった選択肢に気づかされたように。

「……捜す、か」

「そうだ。どこかにいるかもしれない」

「……何度でも？」

「そうだ。見つかるまで行こう」

「……じゃが、先に聖樹が枯れてしまったら？」

「グラシエは自分の役目を果たすために全力を尽くしたんだ。枯れるほうが悪い」

きっぱりと言いきったミトロフの、丸々としたその顔を、グラシエはただ見つめた。

ミトロフの目つきは凜々《りり》しく、上向きの豚鼻はぷっくりと膨らんで息を吹いている。おかしなことなど何も言っていないと確信している表情である。

それはどうしてか、グラシエに笑いを呼び起こした。

自分の肩にある重圧に押しつぶされ、全てが終わってしまったと思い悩んでいた自分のことが、ひるがえって滑稽に思えたようである。

く、く、と。

グラシエは笑う。

ミトロフの底抜けなまでの自信と。自分の一辺倒な生真面目さを。

「そうじゃな、まだ何も終わってはおらぬよな。捜そう。この目で確かめよう。迷宮はまだまだ深く、先は長い。諦めておる暇はないわ」

「ああ、その通りだ」

とミトロフは満足げに頷いた。

6

なぜ人は風呂に通うのだろう、とミトロフは顎肉を揉んで考えている。

ギルドでグラシエと解散してから、真っ直ぐにやってきたのは大浴場である。何を考えるでもなく、足は自然とここに向かっていた。もはや無意識である。湯に浸《つ》かり、ミルクエールを喉に流し込むことは、すっかりミトロフの習慣になっていた。

中央の丸湯の縁に腰掛け、絶え間なく蒸気が立ち昇るのを眺めている。

毎日のようにここに通うようになると、自《おの》ずと顔馴染みというのが分かってくる。ミトロフは迷宮の探索次第で来る時間も変わるのだが、町人たちは仕事終わりだとか、出勤する前だとか、おおよそ決まった習慣があるようで、いつも同じ時間にいる彼らの姿を、不定期にやってくるミトロフが見つけている。

太陽が同じ時刻にのぼり、月が同じ時刻に沈み、それを休みなく繰り返すように、彼らもまたいつもそこにいるように思える。

風呂を楽しむために来ているのか、習慣を守るために来ているのか。人間というのは不思議だと思う。そして自分もまたその一員になりつつあると気づき「ふひひ」と小さく笑ってみたりする。

「あれ、あんた、迷宮で会ったよな？　なに笑ってんだ？」

急に声をかけられた。ざぶん、と飛沫《しぶき》を跳ねながら隣に入ったのは、トロル討伐を依頼されたという少年冒険者だった。

「〝狼々ノ風〟の……」

「お、よく覚えてんなあ。おれ、ミケル。一応リーダーやってんだ」

へへ、とミケルは誇らしげに笑う。どこか控えめな調子が残るのはミケルの人間性によるものだろう。能天気に自慢できることばかりではない苦労や失敗を抱えて、それでも前に進んでいる人間が浮かべる笑みだった。

「……仲間を率いるのか。大変だろうな」

「なにマジになってんだよ！　そりゃ色々あるけどさあ、面白いじゃん、迷宮」

ケラケラと笑い飛ばし、ばしゃばしゃと湯を肩に掛け、前髪をぐいと後ろに撫でつける。

「ていうか、あんたも名前教えろよ」

「悪い。ぼくはミトロフ。パーティ名はまだない」

「結成したばっかってことか？」

「迷宮に潜ってまだひと月も経《た》っていないな」

「駆け出しかよ！　じゃ、おれ先輩な」

歯を見せて「ニッ」と笑いながら、ミケルは自分を指差した。

「なんか困ったこととか、分からねえことがあったらおれに訊けよ。できる限りなんとかしてやっから！」

ミトロフはちょっとばかし目を丸くした。

「……なぜだ？」

「はあ？」

「ぼくを助けても、きみにはあまり益がないと思うが……」

貴族とはそういうものである。自分に益がないことに労力は注がない。助けて得にならない相手は助けない。助けた相手がいつか助けてくれるなどと、そういう甘い理屈は通らない。

ミケルは呆れたようにミトロフを見返した。

「なんだよ益って。いらねえよ。困ってたら助け合うのが冒険者だろ。おれ、先輩。お前、後輩。だったらおれが多めに助ける。そういうもんじゃん」

「……そういうものか？」

ふと、初めてグラシエと出会った日のことを思い出した。彼女もまた、見ず知らずのミトロフの命を救ってくれた。益はなく、見返りも求めず。

「そうか、そういうものか」

と、ミトロフは納得する。

貴族として生きてきたミトロフにとっては信じがたいが、冒険者とはそういう理屈で生きるものらしかった。

助け合う。

「良い言葉だな」

ブヒ、と笑ってしまう。

ミケルは口を引きつらせてミトロフを見ている。

「……お前って、変わってんな」

「そうでもない。冒険者の常識に疎いんだ。今、色々と学んでいる」

「冒険者のくせに真面目かよ、うちのヨルカみたいなこと言ってるし……」

まあいいけど、と呟いて、ミケルはバシャリと顔をお湯で洗った。

「トロル捜索でしばらく上層階にいるし、どっかで会ったらよろしくな」

「……トロルの手がかりは、なにかあったのか？」

「んや。誰かが討伐したって話もないし、下に戻ったんじゃねえかなあ。魔物だけが使う〝裏道〟ってのがあるんだけどさ、そこに隠れてる可能性もあるから、しばらくは捜すけど」

ミトロフは顎肉をさする。

姿を隠してしまったのは、怪我を癒すためだろうか。本当に下に戻ったのだろうか。魔物の考えることを推測しようとしても難しい。

このまま見つからないでいてほしい、という思いがある。他人に討たれてほしくない気持ちを抱えている。同時に姿が見えないままということに不安を感じてもいる。

ぐっと首を下げ、湯面を見つめる。

トロルの姿が思い出される。背筋が凍るほどの恐怖、その巨体。死への予感と、生の実感。恐ろしかった。けれど、ミトロフは奇妙な感覚が胸のうちにこびりついていることに気づいている。

湯の中で広げた手のひらをぎゅっと握りしめた。

全身の神経が張り詰め、頭の中を血が巡り、剝《む》き出しになった魂が揺れる感覚。世界が鮮やかに広がった。あの時、自分は間違いなく現実を生きていた。ぴったりと嚙《か》み合っていた。

あれほど、あの瞬間ほど、燃えるように自分が生きていると思えたことは――。

「そうだ、青鹿がいなくなってんの気づいたか？」

とミケルが言った。

ミトロフは、ふっと意識を握り直し、ミケルに顔を向ける。

「ああ、ギルドでも話を聞いたよ」

「あれもトロルのせいじゃねえかって話があるな」

「……どういうことだ？」

「トロルがなんで上に来てたかってことだよ。トロル捜索を受けたついでに調べたんだけどさ、青鹿の数が減ってる時期に合わせて、トロルの目撃情報がちょくちょく出てたんだよ」

ほう、とミトロフは頷く。

「戦闘になったとか、襲われたとかじゃなく、姿だけ見かけたってんで、ギルドもそこまで重要視してなかったみたいだけど。実際に目撃したってやつに話を聞きにいったらさ、どうも変な話でさ。トロルが青鹿を抱えてたって言うんだ」

「――それは、興味深いな」

「だろ？　トロルってのは普通、地下八階あたりをうろちょろしてんだよ。それが何だって地下五階まで出張って青鹿を狩ってるのかって、な。どうも臭えんだよな」

トロルたちに何が起きているのか。それを理解している誰かはいるのだろうか。

分かるのは、青鹿が姿を消した原因に、あのトロルが関わっているらしいということだった。あの一体、あるいはもっと。

「青鹿はもう絶滅したんだろうか」

「さあな。迷宮ってよく分かんねえし。前にキラービーが大繁殖したことがあってさ、そんときに〝火の魔女〟が全滅させたって話だけど、今はもうキラービー、いるもんな。いつの間にか戻ってんだよな、数が」

「……そのときは、どのくらいの期間が空いたか分かるか」

「いや、詳しくは知らねえけど。半年くらいは見なかった気がすんな」

半年。あるいはもっと長い。

間に合うだろうか、グラシエは。

ううむ、とミトロフは黙り込んだ。

「おい、どうした。ミトロフ？　ミートー？　ローフー？」

「いや、考えることがあってな。何事も思い通りにはいかないものだ」

「なにをおっさん臭えこと言ってんだよ」

「失礼だなきみは！　ぼくは十五だ！」

「まじ？　同い年じゃん！」

ミケルはけらけらと陽気に笑うと、やたらとミトロフの腕を叩いた。痛くはないが、戸惑う。これほど気軽に接してくる相手は初めてだった。

「同じ年だと言ってもな、ぼくは」

貴族なんだ、と言いかけて、いや、元貴族かと思い直した。染み付いた意識というのはすぐには洗い流せないらしい。

「なんだよ?」

「いや、なんでもない」

ミトロフとしては、ひとり安らぐ入浴の時間を邪魔されたくないと思う気持ちもあったのだが、ミケルは予想外に話し上手だった。ミトロフのまだ見ぬ強敵との激闘や、他の冒険者の逸話、ギルドで受注したクエストの予想外な顛末《てんまつ》……ミケルはまさに冒険者としての先輩であり、話題はどれも興味深い。ミトロフはついつい聞き込んでしまった。

結局、ふたりは長湯に肌を赤くしてからようやく風呂を上がり、脱衣所で着替えて休憩場に向かった。いくつも並んだ木の長椅子には湯上がりの男たちが腰掛けている。

熱のこもった身体を冷ましているという風で、揺り椅子で目を閉じている者もあれば、ごろりと横になってうたた寝する者もいる。

彼らの傍らによく見かけるのが木製のジョッキである。中身はミトロフの知ったものに間違いはない。ミルクエールだ。風呂上がりにはこれを飲まねば締まらないというものである。

ミトロフとミケルは壁際の売店に向かった。

「ここの払いはおれに任せろよ」

「む、なぜだ」

「いいからいいから」

と、ミケルがずいと前に出て、ミルクエールを二杯注文した。

「先輩ってのはこういうもんなんだよ」

「そう、なのか？」

それが冒険者の常識なのか、とミトロフは首を傾げながらも納得する。

売店の受付の後ろには巨大な箱がある。その中には氷水が詰められ、小樽《こだる》がいくつも浮かんでいる。受付の老人はふたつ取り上げて栓を抜くと、それぞれのジョッキに注いだ。小樽ひとつでちょうどジョッキ一杯分である。

ふたりはジョッキを受け取ると、人の少ない長椅子を選んで腰掛けた。

休憩場にはあちこちに下働きの男たちがいて、大きな団扇《うちわ》で風を送っていた。そのうちのひとりが気を利かせ、ミトロフとミケルに風を向けてくれる。湯で火照った身体に当たる風がぬるくとも心地良い。

白く泡立ったミルクエールは、見ているだけで涼しくなるほど冷え冷えとしている。

「んじゃ、乾杯！」

「か、乾杯」

ミケルはジョッキを掲げると、おずおずと持ち上げられたミトロフのジョッキにぶつけた。泡がこぼれ落ち、ミトロフの親指を濡《ぬ》らした。沁《し》みるように冷たかった。

ふたりは同時に口をつけた。

ごっ、ごっ、ごっ……。

喉を鳴らしてミルクエールを胃に流し込む。あまりの冷たさにミトロフは目にぎゅうっと力を入れる。それでもやめない。喉から胸から腹にきぃんと響く冷たさ。

迷宮での疲労、風呂で乾いた喉と身体、その全てがこの一杯で満たされる。

「――ぷひぃぃぃ！」

ひと息で半分ほども飲み干して、ミトロフはようやく口を離した。

「……はぁぁ、生き返る」

隣でミケルが呟くのに、ミトロフは深々と頷いた。

熱い身体に、冷えた腹、届く風はゆるくも涼しく、すべて揃って至福というものである。

ふたりは長椅子に腰掛けたまま、ぼけっと視線を弛《たる》ませた。何を見ているわけでもなく、何を考えるわけでもなく。

完璧に糸を緩めるこの時間があるからこそ、迷宮の中での緊迫の時間をやり過ごせるのである。

この時ばかりはお互いに会話もない。ミトロフはちびちびとミルクエールを舐《な》める。

そのうちに温《ぬる》くなってくると、清涼なほど研がれていた香りが鈍り、ミルク臭さが立ってくる。

ぬるくなったミルクエールは飲めたものではないので、美味いうちに飲み干してしまう。

「はあ。やっぱこれだよな、これ。この一杯のために生きてるんだよなあ」

ミケルがしみじみと言った。

「おっさん臭いな」

「美味いんだからしかたない！」

「それは、たしかにそうだ」

「だろ！」

ふたりは笑い合った。

売店にジョッキを返して、ふたりは大浴場を出た。迷宮探索での疲れと、湯上がりの気だるさと。身体に残る疲労感は、今日も生き残ったのだと実感を生む。

「んじゃな、ミトロフ！　お互い生き残って、またミルクエールを飲もうぜ」

「ああ。今度はぼくが払いを持つ」

「お、言ったな？　約束だぞ」

身軽な足取りで去っていくミケルの背を見送って、ミトロフも歩き出した。

夜風が火照った頬を撫でていく。ふと見上げると、くっきりと丸い月が明るい。通りの端で酒盛りをする男たちがさも愉快そうに笑っていて、その声が高らかに響いている。

ミトロフは不思議な気分だった。心がやけに穏やかで、それでいて浮き立つような熱もある。訳もなく誰かに話しかけたい気持ちだった。ほら、月が綺麗《きれい》だと伝えたい。もちろん、そんなことはしないけれど。

知らず、小さく鼻歌など歌いながら、ミトロフは安宿への帰途に着く。悪くない夜だった。そんなことを思えたのは、何年ぶりなのかも知れなかった。

7

翌日、三人はギルド前の広場に集合していた。中央の噴水の縁には待ち合わせる冒険者たちで賑《にぎ》わっているが、今日のミトロフらは休日となっている。迷宮を探索するでなくとも、待ち合わせ場所としてここがいちばん手ごろだった。

「お手数をおかけします」

黒い外套に全身を隠したカヌレが深々と一礼をする。

「なに、お安い御用よ。この街に来たばかりとなれば、細々と困ることも多かろうて」

「はい。慣れないことも多いものですから、ご配慮頂けるのは助かります」

昨日の探索での世間話がきっかけだった。

カヌレはこの街に来て間もなく、宿もようやく見つけたばかりだという。ほとんど着の身着のままという体でやって来たために家財もなく、生活の足場を固めるのに必要なものもなければ、それを手に入れる場所も知らない。

そこでグラシエが案内を名乗り出たのである。

「グラシエに任せれば大丈夫だ」

と、ミトロフは胸を張って言う。

「ついでにおぬしにも街を案内する良い機会じゃ。物をひとつ買うでも慣れぬうちは戸惑うじゃろうしな」

新参のカヌレのために、という名目であれど、この街に不案内なのはミトロフも同じだった。

腕を組んで堂々としているミトロフであるが、グラシエにはかえって心配に映る。ミトロフは貴族の出身であり、その金銭感覚が明らかにズレているのは、ガントレットを即金で買ったところからも明白だった。やがては市井の金のやり取りにも慣れるだろうが、それまでは悪人に騙《だま》されやしないかと、グラシエは内心でハラハラしている。

一見して、礼儀正しく常識的に思えるカヌレも、グラシエは放って置けないと思っている。本人は出自を内密にしたがっているために深くは訊ねないが、その言動は洗練されており、おそらくはミトロフと同じく身分ある家の者だろうと推測ができた。

となれば、街の暮らしのために手配するべきは自分が適任であろう、とグラシエは背筋を伸ばした。それは荒波に揉まれる幼子を守らんとする親獅子《おやじし》の気持ちである。

「差し当たって、なにか必要なものはあるかの？」

「でしたら、まずは服を調達する場所などありましたら。探索で汚れることもありましょうし」

「カヌレ、汚れたときは洗濯屋に頼むといい。ギルドの中にもあるんだ。そこにいる職人の腕は素晴らしい。血の汚れだけでなく、襟首の黄ばみまで落としてもらった」

「まあ」

ミトロフが物知り顔で教えると、カヌレは驚いたように手を口に当てた。気を遣って、というわけでなく、本心から感心したようである。

箱入り、という言葉がこめかみに痛く響き、グラシエは前途を思ってため息をついた。骨の折れる仕事になりそうな気がしている。

「……まあ、良い。ひとつずつやっていくしかないの。ミトロフの言う通り、選《よ》り好みせねば冒険者に必要なものはギルドで揃う。古着などは街に行くよりも良かろうの。丈夫なものが揃っておる」

「ぼくのおすすめは食堂……」

と言いかけ、ミトロフは途中で口をつぐんだ。

「失礼した。配慮が足りなかった」

頭を下げたミトロフに、カヌレは首を左右に振って答える。

「いえ、お気遣いなさらず。これでいて、便利なところもあります」

カヌレは迷宮の遺物の呪いにより、姿を骨身へと変えられている。飲むことも食うことも出来ない。その苦しみとはどれほどのものだろうと、ミトロフは胸に詰まるものがある。自分にとって、食事は生きがいである。それができないともなれば、それは生きる希望を失うにも等しい。

こうして出会った縁がある。ミトロフは出来る限りの力で、カヌレに助力することができればと思っている。困っている子女を助ける。それは貴族の紳士として、あるいは絵物語に夢見た騎士のように、当然の如《ごと》く励むべき男子の務めである。

そうしたミトロフの気負いに、カヌレは遠慮がちに一歩を引いた。

グラシエは、やれやれ世話が焼ける、と苦笑する。

ミトロフの分かりやすいほどの直情さは、ときに人を戸惑わせるものである。この世情にあって、珍しい気質である。ただ、親しさという距離の置き方が相手とすれ違えばちぐはぐにもなる。

「さて、せっかく集まったのじゃ。ギルドで物を買うのは最後にして、まずはわれのおすすめの場所に行かんか」

仕切り直すように告げたグラシエの言葉に、ふたりはもちろん断らなかった。

グラシエと連れ立って街を歩く。雲は薄く、日差しは明るかった。たまに吹き抜ける緩い風が心地良い。

冒険者たちの区画であるギルド周りでは、そうして天気の気持ちよさに浸る余裕もあれど、街の中心に近づくにつれて、人の多さにまだ慣れぬミトロフは歩くだけで手一杯になる。

丸っこい身体は幅を取るために、ぶつからぬように気を配るのに忙《せわ》しなかった。

「カヌレ、きみはぼくの後ろにいるといい。おっと」

紳士たるべく気を回したが、言葉ほどには格好がつかない。それでもなんとか壁役をこなす。カヌレの見目は魔物と違わぬものであり、それを見られたことで住人に追われていたところが出会いである。ミトロフ以上に人混みに神経を使うのは間違いなかった。

ミトロフの気遣いをありがたく受け取り、カヌレはその後ろをぴったりと付いて歩く。

「この通りはいつも混んでおるでな。普段は遠回りでも避けた方が良いかもしれんの。なに、すぐ曲がるゆえ」

グラシエに付いて角地を折れると、人混みに隙間ができた。三階、四階と見上げるほどに高い建物が連なり、青白い影が路地を染めている。通りに面した一階はどこも店舗となっていた。肉の腸詰を売る店からは肉の香ばしさが漂い、ミトロフはついふらふらと引き寄せられそうになった。

路地を抜け、階段を上がる。そこからは坂道となり、また階段。身軽に登っていくグラシエはさすが狩人というべきか、野山を駆けることで鍛えられた足腰はものともしない。

最初こそミトロフも平然とした顔をしていたが、上がれど上がれどつづら折りに続く階段に、ぜえぜえと息を荒らげた。迷宮探索でいくらか体力はついたが、階段はひと味違うしんどさがある。

「……あの、休憩をとりましょうか？」

おずおずと提案するカヌレも平然としていて、呼吸ひとつ乱れていない。それは鍛えているからか、呪いの効果か。どちらにせよ、ミトロフにも矜持があり、息も絶え絶えに「平気だ」と答えた。

ようやく階段を登り終えたときには、顔中から汗が止めどなく流れ、その場に座り込みそうになった。

「ちと登るが、ここがいちばん見晴らしが良くての」

「ちと？　エルフ族の言葉は難しいな。ぼくらはこれをたっぷりと呼ぶんだ」

膝に手を当てて息を整え、ミトロフはようやく顔をあげた。

階段は、高台に作られた緑地の公園の一角に繋がっていた。赤褐色の煉瓦《れんが》で舗装された広場は広く、あちこちに花壇や長椅子が設《しつら》えてあり、住民たちの憩いの場として親しまれている。これほど登るのが大変なのに、とミトロフが目を丸くするほど、老若男女で賑わっていた。

しかし視線を移して展望の良さを確かめれば、ここまで登る人たちの気持ちがミトロフにも分かった。

遮るものはなく、街が一望できた。連なる家々から、入り組んだ街路を行き交う人々や、すれ違う馬車、街を囲む城壁、その向こうに広がる原野に、遠くに森と白く霞《かす》んだ山の連なり。

自分が暮らす巨大な街がここから見下ろせばどうしてか小さな物に思えるな、とミトロフは思った。

「ここから、われの里が見えるのじゃ。ほれ、あそこの森でな」

と、グラシエが遠く指差すが、ミトロフにはさっぱり見えなかった。視力が圧倒的に違うらしい。

「たまに街をぶらついてはここに来てな、里を眺めながら考えるのじゃよ。あれを守らねばならん、それが自分の使命である、と」

風が木々の葉を揺らしている。グラシエは跳ねる髪をそっと押さえた。

「エルフの民は閉鎖的でな。冒険者であった父は変わり者じゃった。その娘であり、人族の文化に適応し、街に出入りするわれも、里ではすこし浮いておる。じゃが、それゆえにこうして迷宮に挑む役目を担い、おぬしらに出会えた」

グラシエは振り返って、ミトロフとカヌレを見る。グラシエの背に広がる青空よりも深く澄んだ青い瞳が細められた。

「こうして街を見下ろせば、不思議とにわかに世界が広がったようじゃ。自分の世界は広いようでいて狭い。まだ見ぬものがこの世にはいくらでもあると教えられた」

ミトロフはハッとした。グラシエが自分と同じことを考えていたことに驚いた。ぼくもそう思ったんだ、と言いかけて、それが気恥ずかしく思えて、結局は口を開けぬままである。

「カヌレや。われは迷宮で捜し物がある。事情を詳しくは話せんが、里のためじゃ」

「はい」

「おぬしにも捜し物があり、事情があるな。その事情を、われも詳しくは訊ねまい。迷宮に目的があるのは互いに同じ。協力していければ良いと思っておる」

「……はい。わたしも、そうできればと願っております」

「堅苦しいのう。真面目なのは美点じゃが」

けらけらと明るく笑うグラシエに、カヌレもそっと微笑を重ねた。

どうもふたりだけで仲を深めているらしい、とミトロフは疎外感を覚える。

「ぼ、ぼくも迷宮に潜る目的がある。生活費を稼ぐんだ。大義というわけではないが、これも大事なことだ。美味いものを食べるためには金が必要だ」

「そうじゃの、おぬしがいちばん切実かもしれんな」

グラシエはまた笑う。空に抜けるような気持ちのいい笑い方だった。

目尻に浮かんだ涙を指で拭うと、グラシエは甲を上にして手を差し出した。

「われらの事情は違えど、迷宮に潜る理由がある。助け合い、うまくやっていこう」

「はい。よろしくお願いいたします」

どういった作法かと戸惑うミトロフに示すように、カヌレがグラシエの手に、黒革の手を重ねた。

おお、とミトロフはたちまちに理解し、その上に丸っこい手を載せた。

この広く、小さな街で、それぞれに分かち難い事情を抱えながらも、三人は孤独であり、同時に孤独ではなかった。重ねた手の一点にたしかな繋がりがあることを、ミトロフは不思議な感慨で確かめている。

8

地下五階を探索していた。見かけるのは黄土猪ばかりで、やはり青鹿の姿は見えない。痕跡すら見つからないでいる。

黄土猪の角と肉ばかりが増え、早くもカヌレは大きな荷物を抱えることになった。

「下に行くか」

とミトロフは提案した。

休憩部屋で地図を広げ、三人で覗き込んでいる。探索できていないエリアはあるが、ここまで姿のない青鹿が未探索の場所で都合良く見つかるとは思えない。

「……そうじゃのう。はぐれた青鹿たちが下の階に生き残っていると希望を託すほうがまだ良いかもしれぬな。いつまでも黄土猪を狩っていても仕方あるまい」

「〝守護者〟はどうする？」

と訊ねたのは、ミトロフにその知識が薄いからだった。

「迷宮で層が変わる階にいるとされる強力な魔物、ですね。無理をして戦う必要はないと聞きましたが」

ミトロフの予想外にも、答えたのはカヌレだった。

「そうじゃ。倒しても時を置いてまた蘇《よみがえ》るという、魔物の中でも不可思議な存在じゃな」

「……蘇るのか？」

「そう聞いておる。何かしらの遺物が関わっておるとか、古代の魔術の呪いだとか、いろいろ言われておるがの。守護者に挑むにはギルドで申請が必要じゃ。予約制でな」

「まるで高級レストランのようだな」

ミトロフの間の抜けたぼやきに、カヌレがくすくすと笑った。

「とかく、守護者は後回しで良かろう。急に行って勝てる相手でもないし、危険じゃ。倒さずとも下には行ける」

これまで一階ごとに丁寧に探索をしてきた分、探索残しや見てもいない守護者を置いて先に進むのは、少し心残りがある。中途半端なものに未練を感じるように、ミトロフは後ろ髪を引かれている。

しかし、ミトロフにもグラシエにも、捜すべき相手がいる。

それが地下五階で見つからない以上は、長居しても仕方がないのが事実だった。とくに、グラシエには明確な時間の制限があった。薬の原料となる青の仔鹿を見つけ、聖樹が枯れ果ててしまう前に戻らなければならない。

三人は階段に向かい、地下六階へと進んだ。階段前の広場には冒険者たちが各々に休憩している。先ほど休憩を済ませていたミトロフたちは、その横を通り過ぎていく。

そのとき、声をかけられた。

「お、ミトロフじゃんか！」

陽気な声に振り向けば、床に座ってリンゴを齧っているミケルがいた。周りにはもちろん〝狼々ノ風〟のメンバーも揃っている。

ミケルは仲間たちに声をかけてから立ち上がり、ミトロフのところまで歩いてきた。

「ミケル、きみもこの階にいたのか」

「今日もトロル捜しだよ。やっぱ地下五階から上にはいねえからさ。っっても、ここまでこれる冒険者ならトロルを相手にしても逃げるなりできるからなあ。この階を捜していなかったら、おれたちも引き上げるつもりだよ」

シャク、とリンゴを齧るミケルは、ミトロフの後ろにいるグラシエとカヌレを見る。それから首を傾げた。

「お前んとこ、三人でやってんだよな？　ひとりは荷物運び《ポーター》だろ？　もう地下六階って、急ぎすぎてねえか？　大丈夫か？」

訊ねるミケルは馬鹿にしているでもなく、ごく普通に心配をしてくれているようだった。

ミトロフは迷宮の基準を知らない。パーティの人数が少ないのか、探索のペースが速いのか、あるいはどちらもだろうか、と少し悩みつつ、大丈夫だと答えた。

「危険を感じたらすぐに引き返すよ」

「そか。ま、今の地下五階にゃ青鹿もいねえしな、進んだほうが効率も良いか。ところでさ」

ミケルはミトロフの肩に手を回して、ぐっと顔を寄せた。

「お前さ、あのエルフの美人とできてんの？」

「ブヒッ」

予想だにしない質問に、思わず鼻水が吹き出しそうになってしまった。

「き、きみはなんてことを訊くんだ！　できてるわけないだろう！」

「まじ？　惚《ほ》れてもいねえの？　お前、ちゃんとついてんのかよ」

「失敬だな!?　そんな軽はずみな気持ちを持つのは騎士道に反するだけだ！」

ミトロフは鼻息も荒く言い放った。もちろん小声である。

女性を尊ぶのは貴族として当然のマナーである。私利私欲に忠実な貴族ではあるが、反面、頑《かたく》なに守るべきとされる紳士の道徳もある。それらは古《いにしえ》の騎士が遵守したとされる儀礼、騎士道を中心にしたものであり、ミトロフもまた幼いころから厳しく学んできたものである。

「お前、頭かってぇのな」

ミケルがけらけらと笑った。

「ぼくの頭が堅いんじゃない。きみが柔らかすぎるんだ」

ミトロフは憮然《ぶぜん》と言う。

「まったく、すぐに好いただの惚れただの、色恋に浮き足立つのは男子としての沽券《こけん》に関わることだぞ」

「その考えがかってぇんだって」

ミケルはミトロフの腕をぱんぱんと叩いた。

不躾《ぶしつけ》と言っていい振る舞いだったが、ミトロフは気にならなかった。同じ風呂に入り、ミルクエールで乾杯したことは、互いの気心を知るのに役立った。気安い関係ができている。

「ま、今日はこの階にいるからさ、どっかですれ違ったらよろしくな。困ってたら助け合おうぜ」

んじゃな、とミケルは戻っていった。

「……自由奔放な男だ」

貴族の子息としか関わりのないミトロフの人生で、初めて出会う性格だった。礼儀もないが、それは隔てがないということでもある。ミトロフとしては自分の心構えに迷うが、それは嫌な気持ちではない。

「ミトロフ、友人ができたのじゃな」

「なんだって？」

ミトロフが目を丸くして振り返ると、どうしてかグラシエが柔らかい微笑でこちらを見返している。

「違うのか？　ずいぶんと親しげに見えたがの？」

グラシエはカヌレに顔をむける。カヌレは素直に「はい」と頷いた。

「ミトロフさまのご友人かと思っておりました」

「友人」

ミトロフは呟いて、きょとんとふたりを見返した。

友人。その言葉の意味はミトロフも知っている。しかし、その呼び名を使うことはこれまでになかった。

同年代の少年たちと交流することはもちろんあったが、それは全て家名を背負っている。貴族の子として出会う以上、そこにはただの友情を育む余地は生まれない。

しかし、今のミトロフは貴族ではなかった。

ミケルもまた、貴族ではない。

「ぼくは、ミケルと友達になろうという契約を交わしたことはない」

ミトロフが顎肉をさすりながら言う。

グラシエはふ、ふ、と笑って、幼児に優しく言い聞かせるように口を開いた。

「よいか、ミトロフ。友達というのは契約ではない。いつの間にかなっておるものなのじゃ。おぬしと相手が同じ気持ちならば、それは友達というものよ」

ミトロフはううむ、と唸った。

それはなんとも不思議で実態のない関係性のようである。

ミトロフにはその関係の築き方がよく分からない。ミケルがどう思っているのかを推し量ることもできない。

未探索のエリアを残してこの階に降りてきた時に感じたのと同じような、スッキリとしない靄《もや》があった。

ミトロフは思い立つとひとり、〝狼々ノ風〟に向かう。気づいたパーティメンバーが不思議そうにミトロフを見る。ミケルもまた気づいた。

ミトロフはごく真剣に、ミケルに訊ねた。

「ミケル。違ったら申し訳ない。ぼくたちは、もしかして友達なのだろうか？」

しん、とした空白のあとで、ミケルが吹き出した。お腹《なか》を抱えて盛大に笑っている。ミケルはよろけるように立ち上がり、だっはっは、と笑い声を響かせながらミトロフの肩をぼんぼんと叩きまくった。

ミケルが息も絶え絶えに、ミトロフに何やら答えているのを、グラシエとカヌレが見守っている。いったいミトロフとミケルはどういう関係なのだろうと、ふたりは顔を見合わせた。

ミケルの笑いがおさまって、ミトロフは釈然としない顔のまま戻ってきた。眉間に皺を寄せた小難しい顔のまま、グラシエとカヌレに視線を合わせて、

「どうやら、ぼくとミケルは友達になったらしい。初めての経験だ。正直、戸惑っている」

ミトロフが真剣にそういうものだから、グラシエとカヌレもやっぱり、ちょっとだけ笑ってしまった。

ミトロフはむっすりと下唇を突き出した。

9

地下六階での探索は順調に進んでいた。二足歩行の巨大なネズミと、骨を纏《まと》う蛇が生息している。慣れてしまえば遅れは取らずとも、収獲物という実りに関しては少し物足りない。

「やはり青鹿はおらぬな」

グラシエがぼそりと呟いた。考えが思わずこぼれたようである。平坦《へいたん》な声ではあったが、その声音に焦りや不安といった色味が交ざっていることを、ミトロフは感じる。

地下六階を注意深く探索しているが。青鹿の痕跡もなければ、トロルの姿も見えない。ふたりして求めるものが見つからない以上、順調であっても心は疲弊していく。

その異変が起きたのは、カヌレがふたりの様子を心配して休憩を提案したときだった。

「何かが暴れておるようじゃな」

耳の良いグラシエが初めに気づいた。その先導で道を曲がり、近づいてようやく、ミトロフもその音を聞いた。

たしかに硬いものが壁にぶつかる音がしている。迷宮で聞こえるその音は、ほぼ確実に誰かが何かと戦う音だ。しかし不思議なのは、地下六階にはそこまで大きな音を立てる魔物がいないことだった。

どうしたのかと通路を進めば、その姿が見える。戦っているのは〝狼々ノ風〟だった。

大剣を構えたミケルがミトロフに気づいた。

「ミトロフか！　離れてろ！　トロルの〝行進《マーチ》〟だッ！」

その言葉に反応もできず、ミトロフは目を丸くするばかりだった。

通路に横穴が開いている。そこからトロルが身を乗り出しているところだ。それだけではない。通路にはすでに三体のトロルがミケルのパーティと争っていた。床には倒れ伏し力尽きたトロルも見える。

この場所だけで五体以上のトロルの姿があるのだ。異常事態なのは明白だった。

「助けますか？」

カヌレが奇妙なほど冷静な声でミトロフに訊ねた。それはここを離れるか、あの戦いに参加するかを決めろということである。

ミトロフは迷わなかった。

「――行く。カヌレはここに残ってくれ。グラシエ、いいか？」

「もちろんじゃ。見捨てるなどエルフの矜持を汚すだけじゃわい」

グラシエは矢筒から三本の矢を抜いた。一本を口に咥《くわ》え、一本を右手の小指と薬指で握り、最後の一本をつがえて弦を引いた。

ミトロフは刺突剣《レイピア》を抜き放ち、駆け出した。どむ、どむ、どむ、と腹肉を揺らしながら。

後ろから矢が追い抜いた。一、二、三。

連射は横穴から姿を見せたトロルの首と頭に正確に刺さった。

悲鳴。しかし刺さりは浅い。

トロルの肌は分厚い脂肪に守られている。骨は硬く鏃《やじり》を通さない。致命傷には至らない。しかしこちらの存在を知らせるには充分だった。

トロルは刺さった矢をまとめて握って抜き、地面に叩きつけた。喉奥から掠《かす》れた咆哮《ほうこう》をあげ、走り寄るミトロフに睨《にら》みをつけた。

「おい！　逃げろって言ってんだろブタ！」

ミケルが叫んだ。

「助け合うのが冒険者だと言っただろうチビ！」

ミトロフは叫び返した。

手近なトロルに狙いを定める。その手に欠けた石斧《いしおの》を握っている。切れ味など期待できるわけもない石の塊だが、ぶつかればそれだけでミトロフは死ぬだろう。

急激に燃え上がるように身体が熱くなる。細剣の柄《つか》を強く握った。

トロルが石斧を振り上げ、振り下ろす。その動きを見切れないわけがない。ミトロフはステップを刻み、石斧を避けた。砕かれた床の破片がビシビシとミトロフの脚に飛んだ。気にしない。その懐に入り込み、トロルの膝に刺突を入れた。すぐに抜き戻し、膝裏に深く斬り込んだ。

悲鳴。

ミトロフが飛び退《の》いた場所にトロルが崩れ落ちる。右脚の腱を断てば巨体は支えられない。膝を突けば頭が下がる。そこにはもう、手が届く。

ミトロフは迷いなく再び飛び込み、膝を落として腰だめに剣を寄せた。そして全身で伸び上がるように一点に刺す。下から突き上げ狙うのは、トロルの顎の下である。

刺突は狙い違わず貫通し、トロルの脳を打った。

すぐさまに剣を抜き、身体を回転させるようにステップを踏んでその場を離れる。振り払われた切先から一筋の血が、ミトロフの身体を中心に弧を描いた。

悲鳴もなく、呆気もなく。トロルは倒れ、動かない。

「――よし」

あのトロルと戦ってから、幾度となく思い描いた動きである。それが現実にできたことに頷き、すぐに次へと移る。

「やるじゃんか、後輩！」

ミケルが揶揄《からか》うように言った。自らも戦いながら、ミトロフにも目を配っていたらしい。

その余裕は今の自分にはなく、さすが先輩と見習うしかない。口に出すのは癪《しゃく》に思えて、ミトロフは黙っていたが。

ミケルたちは三体のトロルを同時に相手にしながら、危うげもない。彼らは四人のパーティであり、それぞれに役割が定まっている。焦ることもなく、確実に、安全に、トロルに対処していた。

これなら大丈夫か、と息をつく間もなく、横穴からトロルが顔を覗かせた。瞬間、その右目に矢が突き立った。厚い脂肪もない眼球を的確に狙った一矢は、トロルを間違いなく射止めていた。どすん、と崩れ落ちる。

ミトロフは振り返った。

矢を放ったままの姿勢で、グラシエが「にっ」と笑って見せた。

ミトロフがトロルと戦う方法を何度も想定したように、グラシエも思うところがあったのだろう。獣を狩るのではなく、魔物を討つ。狩人から冒険者へ変革した意識の差が、卓越した弓術に磨きを掛けたようである。

ミトロフたちが助太刀をする必要もなく、〝狼々ノ風〟はトロルたちを一体ずつ仕留め、ついに最後の一体となった。さあ、これで一息つける——ふっと、緊張の糸が緩んだ瞬間だった。

どん、と。

天井が弾《はじ》けた。

10

瓦礫《がれき》が滝のように降り落ちた。

その急撃に反応できたものは少なかった。

砕けた天井は土石流となって〝狼々ノ風〟とトロルの死体のほとんど真上に崩れ落ち、押し退けられた風が砂塵《さじん》を巻き上げて通路を埋めた。

「ミケル！　無事か！」

ミトロフは目鼻を腕で庇《かば》いながら叫んだ。息すら出来かねる土埃《つちぼこり》は視界を埋め尽くしていた。壁に据えられたランタンが、新月の空に浮かぶ頼りない星々のように揺れている。

砂を孕《はら》んだ風は綿埃のように丸みを帯びてゆっくりと渦を巻く。灯火《ともしび》に陰影をつけながらも視界はやがて晴れていき、そこに一際、大きな影が立っているのをミトロフは認めた。

見て、すぐに分かる。その影もまたミトロフを見ている。

——トロルである。

ミトロフに右腕を差し貫かれた、あのトロルが、今ここにいた。

しかし異様なのはその風体である。

身体中に裂傷を負い、その血は止まっていない。顔には斜めに爪痕が刻まれ、グラシエの矢によって潰された目をさらに抉《えぐ》っている。トロルはミトロフを見据え、真っ赤に染めた口を開き、歪《いびつ》に並んだ牙を剝き出しにした。

ミトロフの背筋に異様な寒気が込み上げた。他のトロルとは明らかに違う。それどころか、以前に戦ったときのトロルと同じ存在とも思えない。

自分の手が震えているのに気づいて、ミトロフは拳を強く握った。

「……あれは、まさか〝緋熊〟の腕か？」

グラシエが信じられないと呟いた。見やれば、トロルは左腕にまた別の腕を持っていた。緋色の毛皮の太い腕である。

「あやつ――喰《く》ったのじゃ、〝守護者〟を」

トロルは見せつけるように〝緋熊〟の腕にかぶりつくと、肉の一片を食いちぎった。咀《そ》嚼《しゃく》し、血潮を取り込み、そして咆哮した。

空気が震える。頬が痺《しび》れる。全身の毛が逆立つ。ミトロフは耐え難い震えに襲われた。生き物として、恐怖した。あれは、あれこそが魔物だと。これまでの戦いなどは遊びでしかなかったかのように。

逃げたい、と思った。今すぐ逃げよう。あんなものと戦えるわけがない。

しかしミトロフは見てしまった。

瓦礫の中に半ば身体を埋めた姿があった。ミケルである。緋色のローブの少女を庇っている。

あの一瞬で、彼は仲間を助けようとしたのだ。そして彼らは今、戦える状況にない。

自分たちが逃げれば、どうなるのか。

分かりきっている。

だから、逃げてはいけない。

なぜだろう。とミトロフは思う。それは合理的な判断ではない。貴族として正しくない。

恐ろしい。それでも、戦わねばと思っている。

ミトロフは震える息を鼻から吐き出した。

ぶ、ひぃぃぃぃ。

鼻腔《びこう》に込み上げた鼻水が震え、滑稽な音を響かせた。

身体中に湧いて出た怯えも恐怖も、全てを追い払おうとした。

無理だった。

怖い。身体が硬い。逃げ出したい。漏らしてしまいそうだ。

それでも、剣を手放すわけにはいかない。

「グラシエ」と名前を呼ぶ。「ぼくは、戦う。きみは逃げろ」

「たわけ。われらはパーティじゃ」

その顔は揺るぎもなく笑顔だった。ミトロフも笑う。

「分かった。カヌレ、きみはすぐに」

と最後まで言う前に、カヌレは首を振った。

「ここにいることをお許しください。わたしを仲間と認めてくださるなら」

「……頼んでもいいか。ぼくらがアレの気を引いてるうちに、ミケルたちを助け出してくれ」

「力仕事ならこの身が役に立ちます」

ふたりが残ると言ってくれたことに、ミトロフは猛烈な喜びを感じた。

ぼくは孤独ではない。仲間がいる。そして今から、友達を助けに行く。

こんなにも恵まれた環境があるだろうか。

ふとそんな考えが過《よ》ぎった。

自分という存在に、意味がある。今ここに、戦う理由がある。今ここに、生きる理由がある。今ここに、自分の居場所がある。だったらぼくは、ここにいていい。

なにも恐れることはない。

——騎士道とは、死ぬことと見つけたり。

「いや、もちろん死ぬつもりはないが、死ぬ気で行こう」

ミトロフは剣を手に、トロルと睨み合う。

トロルは瓦礫の上に立ち、一歩、前に進んだ。ざ、と土が崩れる。

足場が悪い。あそこには入れない、とミトロフは考える。

幼いころに剣を学んだ師は、貴族らしくないことまでミトロフに教えた。彼は元々冒険者であり、その剣術は実践に基づいていた。

彼はよく、戦いの場のことを語った。戦いやすい場所、戦いにくい場所。自分の得意な場に相手を引き込むことが戦いの前提にある、と。

あの瓦礫の山は、ミトロフが戦いにくく、トロルには適している。

だから攻め込むことはできず、ミトロフは平地でトロルを待つ。

だが、瓦礫場にはミケルたちがいる。トロルがそちらに目を向けたら、飛び込むしかない。

じりじりと睨み合い、息すら針となるような緊張がミトロフを包んでいる。

背後ではグラシエが矢を構え、カヌレがミケルたちを助ける機会を見計らっている。

なにかのきっかけで、場は動くだろうと分かっていた。一度動き出せば、止まることはできない。

そのきっかけは、瓦礫の中から生まれた。

ミケルが庇っていた少女が、半ば瓦礫に身体を埋めたままに杖を掲げた。そして唱えたのは、古代の奇跡の一端を現代に顕現するための魔法言語である。

詠唱によって収束したのは水。それは小さな球体から始まり、人の頭ほどに膨れたかと思うと、剣の形となる。

剣先はトロルを指し、そして飛んだ。

ミトロフはその始終を見ていた。あの状況にあって、詠唱から発動まで滞りなく、彼女は間違いなく優秀な魔法使いである。

しかし魔法の水剣はトロルに届かない。トロルは握っていた〝緋熊の腕〟を棍棒《こんぼう》のように振り、水剣を弾き飛ばした。

瞬時にグラシエが反応した。腕を振り抜いたことで開いた身体に狙い付けて矢を放つ。それは的確にトロルの首に向かった。

「――なんというトロルじゃ！」

グラシエが吐き捨てるように言った。ミトロフもまた動揺している。

首に突き刺さる直前に、トロルは機敏に矢を躱《かわ》したのだ。重鈍であるはずのトロルに似つかわしくない驚くべき反応だった。

再び、魔法の水剣が飛ぶ。それすらも避け、トロルは瓦礫の中のミケルと魔法使いに身体を向けた。

ミトロフは舌打ちした。行くしかない、と。

駆け出す。瓦礫は大小交ざり、時には坂となる。真っ直ぐに進むことすら難しい。それでもミケルたちを守るためには踏み込まねばならない。

「こっちだ！　トロル！」

瓦礫の山に上がり、トロルに叫ぶ。引き付けるためだった。

だがその行動に意味がないことに、ミトロフは瞬時に気づく。

トロルは最初からミトロフを見据えていた。

――誘われた。

ミケルたちを襲うかのように振る舞ったのは、そうすればミトロフがこの場に上がると理解していたからだ。

トロルは自分に優位な場所で戦うために、罠《わな》を仕掛けたのである。

ミトロフは奥歯を噛み締める。気づいたところで、もう背を向けて逃げる余裕はない。

トロルは〝緋熊の腕〟をだらりと下げた。腕の先にはガラス結晶のように鋭く透き通った爪が生えている。トロルの腕力で振るわれれば、掠っただけで両断されかねない。

足場の悪いこの場所で、絶対に攻撃に当たるわけにはいかない。

しかし、それが可能だろうか――？

ミトロフは細剣を右前に、半身となる。踏み込むための前重心でなく、いつでも引けるように後ろ足に重心を置いている。

ミトロフの構えなど関係もないとばかりに、トロルが瓦礫を蹴って突っ込んできた。

上段に振りかぶった腕が振り下ろされる。ミトロフは傾斜を滑り下るように避ける。

〝緋熊の腕〟の鋭い爪が、叩きつけられた岩を切削《せっさく》した。

その滑らかな断面をミトロフは見た。ぞっとする光景だった。左拳をぎゅうっと握りしめる。

左腕を覆う革のガントレットは、ゴブリンにもコボルドにもファングにも対応できた。しかしトロルを前にすれば、もはや盾とは言えない。ガントレットも、右手に持つ剣も、心細くなるほどに頼りなく、自分はあまりにちっぽけだ。

それでもできることはひとつだった。前に進み、剣を刺す。

ゆえにミトロフは足を上げ、踏み込み、刺突を打ち込んだ。

狙ったのは振り下ろされた左腕である。しかし、トロルはそれを避ける。容易に避けられてしまうほどに、ミトロフの突きは遅かった。

足場だ。瓦礫の上のために思い切りが足りず、重心もブレている。身体が重く、筋力の足りないミトロフには、そこで踏ん張る力がない。

心が恐れている。死地に踏み込むことを。圧倒的な力を持つトロルに挑むことを。思い切りも意思もなく、怯えの宿った一撃に意味はない。ゆえに剣はただただ、鈍い。

ミトロフとトロルが離れた間隙に、狙い違わずグラシエの矢が飛ぶ。顔を狙った矢を、トロルは左腕で受けた。刺さりはするが痛痒《つうよう》を感じたようには思えない。垂れ下がるほどの脂肪は肉の鎧と化している。

ミトロフは視界の端にカヌレを捉えていた。素早く岩の陰を渡り歩きながら、ミケルたちの元に辿《たど》り着いていた。身体を埋めていた瓦礫や土を瞬く間に掘り出していく。

ミケルと、ミケルが庇った魔法使いの少女が自由になる。しかしミケルは意識も朦朧《もうろう》としているらしい。起き上がることができないでいる。カヌレはミケルを肩に担ぎ、少女を小脇に抱え、安全圏に向かって離れていく。

ひとまずふたりの救助に成功した。あとふたり、この瓦礫のどこかにいるはずだが、それを見つけることは難しいかもしれない……。

ミトロフが唇を噛んだとき、グラシエに鋭く名前を呼ばれた。

トロルが〝緋熊の腕〟で地面を掻《か》き上げ、土砂を弾いたところだった。

咄嗟《とっさ》に身をかがめ、顔をガントレットで庇う。身体のあちこちを殴打されるような衝撃。一際重い衝撃に左腕が痺れる。左の太ももに強い痛みが疾る。

それでも立っている。直撃はなかった。

ミトロフが顔を上げたとき、トロルは走り寄っていた。眼前で〝緋熊の腕〟を振りかぶっている。

何も考えなかった。

思考は空白だった。

逃れようのない死を前に、人はそれを見つめることしかできないのだと知った。

ふと視界を影が覆う――それはミケルの仲間であるドワーフの盾戦士だった。

〝緋熊の爪〟を、金属の大盾が弾く。不思議と甲高く澄んだ音が鳴った。

ドワーフは揺らがない。そこに盾として立っている。そればかりか一歩、確かに踏み込むと、大盾でトロルの腕を強烈に叩いた。不意を打ったかち上げるような動きはトロルにたたらを踏ませた。

「トロルよ！　お前の振るう武器には恐れるものがない！」

咆哮のような強い声である。

ドワーフは強大な壁としてそこに立っていた。その分厚く広い背中の、なんと頼もしいことだろう！

ミトロフは盾戦士の勇壮さに息を呑《の》むと同時に、その脚が真っ赤に濡れていることに気づく。よく見れば、脚だけではない。背中や腕からも出血している。彼は瓦礫の崩落によって全身に傷を負っているのだ。

それでも尚《なお》、彼はここに立ち、ミトロフを守ったのである。

「……ドワーフの盾戦士よ、感謝する」

「ふん。言葉などいらん。ワシの武器は埋まったままだ。勝つにはお前の針に頼るしかない。行動で示せ」

聞く声はしわがれていて、呼吸は荒く、落ち着かない。それは耐え難いほどの痛みに襲われている証拠であった。

ミトロフは、ぐっと胸に詰まるものを飲み下した。

まさに戦士たる姿への畏怖と憧憬、そしてあまりに情けない自分の体たらく。

恐怖にも諦めにも、この戦士は負けていない。これこそが冒険者なのだと、その在り方を教えられたようである。

その場で左足を地面に強く踏み込む。骨の芯に響くような痛みがある。思わず顔を顰《しか》め、目に涙が浮かぶ。

痛い。

だがこの程度がなんだろう。目の前の戦士は、これの何倍もの痛みを抱えて立っている。

足場が悪い。それがどうした。瓦礫の地面に転がることを恐れて、前に進まない人間に未来はない。転がろうが、足が痛もうが、血が流れようが、強く踏み込むことでしか勝利はない。

甘えを、恐怖を、自分を捨てる。

その決意を固めたとき、ミトロフの心にようやく、あの静けさが訪れた。

〝昇華〟によって得た新たな力。過去の自分の弱さを補うための精神力。

ミトロフは息を吐く。

トロルは牙を剝いて唸り、ミトロフとドワーフの盾戦士を見据えている。潰れずにあるその左瞳が血のように赤く濁っていることに気づく。

トロルが走った。

〝緋熊の腕〟が地面を削るように横薙《よこな》ぎに振り払われる。

ドワーフは動かない――いや、もう動けない。彼にはその体力が残っていない。

それでも盾戦士としての矜持が、その一撃を確実に防ぐ。

ガァン、と、腹の底を揺るがすような重い音。

ドワーフは真っ向からトロルの攻撃を受け、完璧にミトロフを守った。しかし衝撃に耐えることはできない。瓦礫の山を転がるように吹っ飛ばされる。

そのことでミトロフの視界が通った。

腕を振り抜き、上半身が伸びきったトロルの姿。しかし見つめている。傷のない片目で、ミトロフを睨みつけている。

ミトロフは怯えない。睨み返す。気迫で負ける戦いにどうして勝利があろうか。

もはやふたりは冒険者と魔物という関係ではなかった。狩り、狩られるものではない。生きるために、互いに全霊を懸けている。もう逃げることはできない。ここで勝つことでしか生き残る道はない。

ならば、それは正しく決闘だった。

瓦礫の山に足を踏み出す。砕けた石畳、土、岩……踏み場もなく不安定な地に、足を突き込むように進む。ミトロフの身体は重い。贅肉が重石《おもし》のように揺れている。その重みを利用して、爪先を地面に打ち込む。杭《くい》のように刺し、そこを起点に進む。

爪先立ちによる点での移動。

ミトロフが剣技として学んだものではなかった。

それは踊りだ。

貴族として必ず身につけさせられる技術。舞踏会という社交の場で絶対に行われるダンス。幼いころから講師に叩き込まれた動きを今、ミトロフは思い出している。

爪先による体幹の保持、そして重心移動による足捌《あしさば》き。

ワルツのリズムがミトロフを動かしている。

トロルが腕を引く前に、ミトロフは細剣を打ち込んだ。〝緋熊の腕〟を握る手首。その一撃は薄い脂肪を突き抜け、確かに骨まで届いた。

トロルが叫び、腕を振り払う。ミトロフはすでにくるりと身体を回転させてその場を離れている。

――1、2、3。

――1、2、3。

夜の湖面のように静まった思考の中に、そのリズムだけが響いている。

トロルが真上から〝緋熊の腕〟を叩きつける。

ミトロフはしなやかに頭上に手を伸ばし、脚を大きく広げ、贅肉に揺れる肉体をあくまでも優雅に回転させて避けた。

リズムは繋がっている。引き寄せた肘を解き放つように斬り払う。それはトロルの右膝を裂いた。

血が舞う。

怒りの咆哮。あるいは悲鳴。

トロルは引かない。瞳の赤を怒りに滾《たぎ》らせ、ミトロフという小さな人間を見下ろした。

牙を剝き、睨みつけ、そしてその首に、一矢が突き立った。

グラシエである。

トロルが苦しみ喘《あえ》ぐ。

ミトロフは剣を眼前に立てるように構えた。貴族の決闘儀礼として教え込まれた構えである。

ぴっ、と空気を裂いて切先を払い、踏み込むべき一瞬を待つ。

グラシエの二の矢が飛ぶ。

トロルはそれを弾き飛ばし、苛立《いらだ》たしげに叫んだ。

そこに、ミトロフが踏み込んだ。

トロルはすぐさま腕を叩きつける。ミトロフは回転し、避ける。真横でどん、と地鳴り。瓦礫が弾ける。破片が頬を切る。ミトロフは恐れない。痛みを忘れている。

トロルとの戦い方を、ミトロフはもう学んでいる。

刺突剣《レイピア》という細い針で勝つには急所である顔を狙うしかない。そして高い場所にある顔を手繰り寄せるには、まず脚を殺す——。

一刺。

トロルの膝に細剣を刺し、抜く。

〝緋熊の腕〟が襲いかかる。

ミトロフは回転しながら、身体が倒れそうなまで地面に近づいて避ける。遠心力を利用して姿勢を戻し、再び構え、二刺。

トロルは、振り抜いた腕を逆袈裟《ぎやくけさ》切りに戻してくる。その動きをミトロフははっきりと見ている。

——ワルツが鳴っている。

幼い日の色褪《いろあ》せた思い出の中に、泣きながら踊っている自分がいる。講師に鞭で打たれながら、同じ動きを日が暮れるまで繰り返している。あの音が、リズムが、今ここにある。

ミトロフはくるくると回る。鋭い剣を右手に、瓦礫の山の中心でワルツを踊る。死すらも躱して、三を刺す。

それは深々とトロルの膝の関節を打ち抜いた。

叫ぶ声は真上に。膝から力が抜けるように落ちて、声はもうすぐそこにある。

ミトロフは足を地面に据える。贅肉による巨体の重みを蓄える。最後の一刺に全身全霊を託すために。

膝を突いたトロルが絶叫と共に〝緋熊の腕〟を振り上げる。同時に動かなかったはずの右腕も上がっている。両手でミトロフを叩き潰そうとしている。

ミトロフに避けるつもりはない。いや、避けられない。もう足は止まっている。

こうなれば、どちらが先に届くかのみ。そして、トロルの方がわずかに早い。

だがミトロフは諦めない。

ただトロルの顎下に狙いを定め、その一点のみを狙う。世界はもう色をなくしている。自分と、狙い定めた一点だけが色づいた無音の世界で、ミトロフは身体を伸ばす。貴族として、その決闘のために教え磨かれた剣を。

それが届くよりも先に、トロルの腕がミトロフを捉える——その寸前に、ふたつのことが同時に起きた。

がぁん、と鈍い音が、ミトロフを守る。そこにいたのはカヌレである。ドワーフの戦士から借り受けた大盾を掲げ、トロルの必死の〝緋熊の腕〟を、その怪力で受け止めた。

どん、と狙いを外したトロルの右腕が、ミトロフのすぐ脇を叩いた。その手首には矢が突き立っている。グラシエが弓弦の弾け切れるほどに強く放った矢は、狙い違わずトロルの手首を撃ち抜くことで叩きつけの軌道を逸《そ》らし、ミトロフを守った。

ゆえにミトロフを止めるものはなく、しかしミトロフはそのことにすら気づかぬほどの集中で、トロルを突いた。それは顎から突き上がり、トロルの命に届いた。

赤い瞳はミトロフを睨んでいた。

ミトロフもまた、トロルを睨み返した。

やがてその瞳から光が抜け落ち、その場に崩れ落ちた。ミトロフを下敷きにして。

ブヒィ、と悲鳴があがった。

第四幕　太っちょ貴族は歩み出す

1

ギルドに併設された施療院に見舞いに行くと、ミケルはすでに身体《からだ》を起こしていた。

「よお！　命の恩人さまじゃんか！」

とミケルがミトロフに手をあげる。その声も表情も元気そのものだが、両脚は包帯と添え木で動かないようにされている。

「……大怪我《おおけが》だな」

「そりゃ生き埋めになったからな、生きてるだけマシだって。レオナがすぐに治癒してくれたおかげですぐに元通りになるってさ」

「あの神官の女性か。治癒の奇跡があって良かったよ、本当に」

「トロルで生き埋めは最悪の死に方だよな！」

「笑いごとじゃないんだぞ。こっちは本当に命の危機を感じたんだ」

ゲラゲラと笑うミケルを、ミトロフはじとりと睨《にら》んだ。

仕留めたトロルに押し潰されたミトロフは、実際、死にかけた。巨体のトロルはあまりに重すぎたのだ。贅肉《ぜいにく》がミトロフの顔を圧迫することで息も難しく、瓦礫《がれき》と肉に挟まれて人生を終えるところだった。

カヌレに助け出されていた神官の女性が、ドワーフの戦士を治癒していた。そしてカヌレとふたりがかりでトロルを持ち上げてくれたのだ。

治癒の奇跡といえども、その場で完璧に怪我を治せるわけではない。ミケルなどは両脚が潰れるほどの重傷だったために、迷宮から戻って数日が経《た》った今でも、こうして入院している。

「で、トロルの〝行進〟はどうなった？」

とミケルが訊《き》いた。

「すでにギルドが対処したと通告があったよ。高ランクの冒険者を集めて、討伐されたらしい」

「ちぇっ！　おれも行きたかったな。〝行進〟なんてめったにないのに」

「迷宮に詳しくないのだが、〝行進〟というのは異常事態なんだろう？」

「そりゃそうさ、魔物の中に王が生まれて、そいつに統率される形で他の階を侵略するんだ。んな頻繁に起きてたらめちゃくちゃになる」

なるほど、とミトロフは頷《うなず》いた。

ギルドの受付嬢から、今回の話の顛末《てんまつ》は聞いていた。

無事にトロルの〝王〟を討伐したから、事態は収拾されるだろう、と。青鹿が狩り尽くされていたのは、異常に数を増やしつつあったトロルたちが食料としていたらしい。

普通はトロルの数など増えれば早々に分かるものだが、今回、トロルたちは〝王〟の指示で迷宮の横穴に巣を作ったのだという。静かに、着実に数を増やしていたばかりに、気づく者がいなかったのだ。

ミトロフたちが出くわしたのと同時に、あちこちでトロルの姿が見られたという。

運良く深層の探索から戻ってきていた冒険者たちがいたおかげで、迅速にトロルたちを制圧できたが、時期が悪ければ大変な混乱になったかもしれないと、受付嬢は言っていた。

「そういや、お前たちが倒したトロル、〝緋熊《ひぐま》〟を食ってたんだって？」

「ああ、熊の腕を武器にしてた。あれは怖かった」

「そいつ、目は赤かったか？」

「ああ、赤かった。知ってるのか？」

「〝赤目〟だな。〝行進〟よりもレアだぞ、多分。魔物がより強い魔物を喰《く》らうことで〝昇華〟した存在だと言われてる」

「魔物も〝昇華〟を……？」

それではまるで冒険者じゃないか、という驚き。けれど同時に納得もできる。あの〝赤目のトロル〟は、強かった。並のトロルとは比べ物にならない。守護者である〝緋熊〟を倒したことでより強力な存在に生まれ変わっていたのだろう。

「なあ、ミトロフ」

と、ミケルは急に改まった顔をした。

「ありがとうな、マジで。お前のおかげで仲間の命が助かった」

シンプルな言葉だった。だからミケルの感情がまっすぐに伝わってくる。

ミトロフは右手をミケルの肩に寄せ、どうするべきかと何度か悩み、慣れていないことに戸惑う力加減で、ぽんぽんとミケルの肩を叩《たた》いた。

「冒険者は助け合うもの、なんだろう？」

ミケルは苦笑した。

「ああ、そうだよ。助け合いだ。今度はおれが助けてやるからな、待ってろよ」

「まずはその両脚を治してから、だな。それじゃ風呂にも入れないだろう」

「そうなんだよ！　くそう、はやく風呂に入りてえなあ。ミルクエールが恋しいぜ」

ミトロフとミケルは顔を見合わせ、笑い合った。

2

ミトロフは施療院の帰りに、街の高台にある広場に向かう。そこは街を一望できる憩いの場だ。陽気に誘われた家族連れや恋人たちの姿が多く見える。

広場の端っこに、ベンチがある。そこに予想通り、グラシエが座っていた。

ミトロフは彼女の隣に座る。こうして並んで街を見下ろし、視界の遠くに霞《かす》んで見えるエルフの森を眺めるのは二回目だった。グラシエはここをお気に入りの場所だと言っていたし、迷宮探索が禁止されてからはここにいる時間が長くなっているのをミトロフは知っていた。

グラシエはミトロフが座ったことに気づいている。けれど顔を向けることもない。

さああ、と吹き抜ける風をとがめるでもなく銀の髪を泳がせながら、どこか気の抜けた表情でいる。

「ギルドに行ってきた。ミケルは元気そうだ」

とミトロフが言った。

「そうか。それは良きことじゃの」

「やっぱり〝行進〟のせいで、低ランクの冒険者は迷宮に入れないままだったよ。一週間以内には解除されるって話だったけど」

「そうか」

トロルの〝行進〟が確認されたことで、迷宮は一時的に封鎖されていた。と言っても、トロルが現れた浅階が封鎖されただけであって、より深い場所を攻略している冒険者には影響がない話だ。

高ランク冒険者たちの手でトロルの〝行進〟は殲滅《せんめつ》されたが、ギルドは調査に余念がない。それだけ魔物の〝行進〟というのは異常事態であるらしい。

迷宮内の安全を確認してもらえるのは頼もしいことだが、今ばかりはそれももどかしい。グラシエにとっては、目標を前にして身動きがとれないのだ。

「……昨夜、エルフの里から使いが来た」

「良い報告、ではなさそうだな」

「うむ。聖樹の葉が次々と枯れ落ちているそうじゃ。もう時間はあまりあるまい。一週間もつかどうか」

深刻な問題でありながら、グラシエは奇妙に平坦《へいたん》な声でいる。それがかえって、彼女の抱える悩みの大きさを物語っているような気がした。

「他の手段はないのか？　グラシエ以外のエルフだって何か探しているんだろう？」

「もちろん、そうしておる。じゃがどれも芳しくないようじゃの」

ミトロフは鼻から大きく息を吐いた。

エルフの森には太古からの精霊が宿る聖樹がある。その管理を滞りなく行なってきたからこそ、グラシエの一族はその森で安寧に暮らしていたのだ。

もし聖樹が枯れてしまえば、彼女たちがいる理由はなくなってしまう。今代の王はひときわ、そうした願掛けや精霊的な力を信仰していると聞く。

「……自分の治世で聖樹が枯れたなどと耳にすれば、王はさぞお怒りになるであろうな」

「……縁起は良くないだろうな」

いや、良くないどころではないか、とミトロフは内心でつぶやいた。

聖樹が枯れる。それは凶兆、精霊による王の否定、大災害の兆し……どうとでも捉えられるが、どれも良いものになりそうにない。

王族や貴族というのはとにかく縁起や占いを重要視する。この世界に目には見えぬ大きな意思があると思っている。聖樹が枯れたとなれば、それはミトロフが思うよりも大ごとになるかもしれない。

「だが、どうにもならぬな」

と、グラシエはミトロフに顔を向けた。笑っている。力のない、やけに透明な笑い方だった。諦め、という文字が浮かんで見えた。

「迷宮には入れぬ。もし入っても青鹿は見つからぬ。となれば、われはお手上げじゃ。情けないが、ここが精一杯というものじゃろうて」

ふぅ、と。長い人生の重荷に疲れ果てた老人のように息をついて。

「ミトロフ、おぬしには本当に世話になったのう。トロルとの戦いは見事じゃったぞ。あれこそ本物の戦士と教えられたようじゃったわ」

「……すべて終わったみたいな言い方をするんだな、きみは」

「終わったのじゃ。なに、森を失ってもなんとか生きていけるじゃろうて。さすがに、一族郎党を根絶やしにされるなどは、あるまいよ」

冗談のように言うグラシエに、ミトロフは笑い返せないでいる。

3

迷宮に行かなくても、大浴場には通ってしまう。

それは習慣となっているからでもあるし、うまくいかない問題が詰まっている頭をふやかすためでもあった。

真昼から入る風呂は悪くない。

冒険帰りに入る浴場はいつも薄暗い。しかし昼間は天井のステンドグラスや、明かり取りの天窓から日差しが落ち、壁やタイルの白さに反射してすっきりと明るい。点々と置かれた観葉植物の緑も鮮やかに見える。

客層も夜とは少し違っている。ミトロフには見覚えのない顔が多いが、雰囲気から察するに冒険者らしい人々が多かった。

迷宮探索が許可されている熟練の冒険者もいるだろうが、迷宮に立ち入り禁止を申し渡されて暇を持て余す初級者だろうと分かる人たちがいる。彼らはどこか気の抜けた顔で、ぼうっと天窓を眺めていたり、頬杖《ほおづえ》をついて水面を見つめていたりする。手持ち無沙汰なのだ。

ミトロフもまた彼らと同じだった。

気合が入らず、するべきことも見つけられず、とりあえず習慣に従って風呂に入ってはみたものの、その心地良さに集中することもできずにいる。

「ほう、珍しいな」

声は聞きなれたものだった。姿は見慣れない新鮮さを感じた。

「……どうも」

馴染《なじ》みの獣頭の男である。夜の薄闇では視界も悪く気付かなかったが、こうして明るい場所で改めてはっきりと見ると、男の偉丈夫さと、獣頭の勇猛さに驚かされる。気楽に話していたが、見るからに歴戦の空気を纏《まと》っている。

ざぱん、と湯に身を沈めると、獣頭はたてがみを撫《な》でつける。

「昼に会うとは奇遇だな」

「……迷宮が立ち入り禁止になってしまったんだ」

「ああ、トロルの件でか。少し騒がしかったらしいな」

彼にとっては、あの騒ぎも、少し、という度合いの話らしい。これはかなり上級の冒険者かもしれん、とミトロフは頬をかいた。

「トロルの〝行進〟が上層階で起きたとは聞いていたが、無事だったか」

「〝行進〟そのものは大丈夫だった。〝赤目のトロル〟との戦いで、危うく死にかけた」

「ほう、〝赤目〟をやったのか。立派なものだ」

と感心する獣頭の男は、心底そう思ってくれているようだった。おそらくかなりの実力者であろう相手から褒められるというのに、ミトロフは慣れていない。背中がむずむずした。

「ではきみか、遺物を見つけたのは」

ミトロフは目を丸くした。彼の言う遺物とは、グラシエと共に横穴から見つけた〝魔法の書《マジック・ブック》〟のことである。鑑定のためにギルドに預けたままのはずで、その発見者が自分らだと知られているはずがない。

「どうしてそれを？」

「そういう情報に価値を見つける者がいるのだよ。そして価値のあるものは必ず出回る。とくに遺物に関してはな。上層階で誰もが見落としていた遺物を見つけ、〝赤目のトロル〟を討伐した期待の新人だと聞いているぞ」

ぐるる、と喉を鳴らして笑っている。

「……冗談、か？」

ミトロフを頬をひくつかせた。

「いいや、そういう話があるのは本当だ。事実、そのふたつを成し遂げているだけで立派なものだろう。とくに遺物に関しては興味を持つ者も多かろう。物好きな蒐集《しゅうしゅう》家《か》には金も権力もあるからな。厄介な相手に絡まれたときには言うといい。少しは手助けできるだろう」

「……それはどうも」

厄介な権力者を相手に手助けができる？　何者だ、この人？

と、推測と値踏みをしてしまう自分に気づき、ミトロフはすぐさまお湯で顔を洗った。いかんな、と思う。これは染み付いた貴族の性のようなものである。

「遺物とは、そんなに欲しいものだろうか。ぼくにはよく分からないな」

自分の思考が卑しいものに思えて、話題を変えるためにそんなことを聞いた。

「珍しいものは、珍しいというだけで価値がある。それを手に入れることで満たされた気持ちになるのだろうさ。俺の知り合いにもいるよ、冒険者に依頼しては迷宮の希少な素材やらを集めてな、〝ウォードの箱〟とかいう特別なガラスケースに飾っている。その箱は魔術が刻まれていてな、中に入れたものは時間を止めたかのように保存できるらしい。まったく、呆《あき》れた道楽で……」

「ちょっといいだろうか」

ミトロフは鼻の穴を大きく広げて、獣男に詰め寄った。天使が耳元で囁《ささや》いたかのように、その閃《ひらめ》きが脳内を駆け巡ったのだ。

「その人を紹介していただきたい」

4

ミトロフとカヌレが安宿の前で合流したとき、眼前に馬車が停《と》まった。

高級品なのは瞭然で、市民に馴染み深い乗合馬車とは仕立てが違う。使い込まれてはいるが手入れは行き届いており、細部にまで気を遣う持ち主の性格をよく表している。

貴族の乗る馬車の扉には各家の紋章が意匠されるのが通例で、通常はそこを見て乗り主を判別する。ミトロフは見慣れた紋章に目を細めた。

「カヌレ、これを持って下がっていてくれるか」

「……お知り合いですか？」

「父だ」

カヌレはすべて了解したと頷いた。ミトロフから箱を受け取って後ろに下がった。

同じくして御者が扉を開く。まず出てきたのは執事のアルゾだった。ミトロフはその顔を懐かしく思った。

アルゾはミトロフに柔らかい眼差《まなざ》しを向けて目礼し、馬車の下から足場を引き出した。

次いで出てきたのは、ミトロフの予想通り、父であるバンサンカイ伯爵だった。

父は端々まで神経の行き届いた優雅な仕草で降りると、ミトロフと対峙《たいじ》した。靴先から髪型までを眺め、鼻を鳴らした。

「身だしなみを忘れてはいないらしいな」

「たまたまです。これから人と会う約束がありまして」

ミトロフは今、家を追い出されたときに着ていた一張羅を纏っていた。

「こんな場所まで来て、どうされたんですか。まさかぼくの心配なんてこともないでしょう」

「最近は冒険者としてよくやっているそうだな」

父は肯定も否定もしない。そうして話をぼやかす貴族的な会話のやり方に、ミトロフは苦笑した。

冒険者として関わる人々は……とくにグラシエは、実直に、真っ正直に言葉を選ぶ。回りくどい会話に真意を潜ませる貴族的な会話よりも、ミトロフには心地良い。

それに、分かりきったことを改めて訊《たず》ねるまでもなかった、と思ったのだ。

父は心配だからと、そんな安っぽい理由でこんな場所にまで馬車を動かす人間ではない。それをミトロフはよく知っている。

目的があり、それが利になるからこそ動く人だ。

「迷宮で隠された部屋を見つけ、そこで遺物を手に入れたと聞いている」

「……父上が迷宮事情に詳しいとは思いませんでした」

「トリュフ侯爵から打診されている。あのご老人は珍しいものを集めるのがお好きでな。お前の手に入れた遺物もご覧になりたいそうだ」

父はミトロフの後ろに立っていたカヌレの、その手に抱えられた木箱に目をやった。

「それが遺物か？　ちょうどよい、もらって帰ろう」

父はそれが当然であるかのように言う。そういう人なのだ。すべてが自分の思い通りになるのが当然と思っている。そしてそうするだけの権力を握って生きてきた。

母も兄たちも、それに従ってきた。もちろん、ミトロフも。それが貴族の家の在り方だったからだ。家長の言葉こそが正しく、それに従うことで家を守り、大きくしていく。

だからミトロフは、貴族家の三男として生きていた。家を継ぐ長男、予備の次男、さらにその予備のミトロフ。期待もされない。あるいはかつて父が抱いたかもしれない期待に応えられなかった自分。

父は、自分という存在に目を向けることすらなかった。笑顔もなく、褒める言葉もなく、そして怒ることすらない。

日々の楽しみは食事しかなく、それゆえに丸々と太っていくミトロフを見て、父は顔を顰《しか》めた。それでようやく、自分はちゃんと父の世界に存在していて、視界には入っているらしいと気づけた。豚のように食べ、豚のように肥えたのは、それが自分にできる父への反抗だったからかもしれなかった。

ミトロフは何も持っていなかった。

父に認めてもらえる力も、父に反抗する意思も、独りで生きていく気力も。

父に家を追い出され、ひとり迷宮で野垂れ死ねと言われた。死を覚悟して迷宮に行った。そして本当に死を前にした。

それを救ってくれたのは、そしてここまでミトロフを成長させてくれたのは、共に歩いてくれたグラシエのおかげだった。

父は今、カヌレが持っている木箱を見ている。それは父の推測通り、ギルドで受け取ってきた遺物である。

「申し訳ありませんが、お渡しできません」

「よく聞こえなかったな」

父は、ミトロフを見る。その瞳を真っ向から、ミトロフは見つめ返す。

「この遺物には先約がありますので」

「先約などいくらでも変えられよう。お前の父であり、バンサンカイ家当主の私が、必要だと言っている」

「先日、ぼくは勘当されました」

「なんだ、そんなことか」

と、父は鼻で笑った。

言葉の裏を察し、ミトロフの真意を見抜いた、という表情であった。

「——良きかな。ミトロフ、お前を家に戻してやろう。元より、迷宮でひと月も過ごしたなら迎えをやるつもりだったのだ」

ミトロフは笑った。

ブッヒッヒ、と鼻が鳴る。

父は目を細める。ミトロフの笑いが嘲りがであることを敏感に察したのだ。

「お断りします」

と、ミトロフは言った。

「そもそも、迎えなどくれるつもりもなかったでしょう。ぼくが遺物を手にしたと聞いて、それを利用できるからやってきただけで。貴方《あなた》がぼくを捨てた日に、ぼくも捨てました。貴方の家も、貴方との繋《つな》がりも。貴方はもう父ではない」

「ふん、冒険者ごっこを楽しんで気でも触れたか。貴族という暮らしを捨てて、泥にもがいて生きていくとでも？　お前にその覚悟があるのか」

「泥、ですか」

グラシエとの冒険の日々が思い出された。ミトロフの人生の中でもっとも色鮮やかに輝いている。

汚らしい部屋、満腹には遠い食事、命懸けの迷宮、市民のあふれる公衆浴場。

カヌレと出会い、ミケルと出会い、それは仲間となり、友人となり、強敵を越えて互いに称《たた》え合い、助け合い、そして信頼し合う。

生活に保証はなく、優雅な舞踏会もない。

服は汚れ、怪我に襲われ、手にできた豆は潰れ、もしかすると明日には死ぬかもしれない。

そんな生活は、たしかに泥の中のようだ。それでも。

「このひと月、ぼくは初めて生きることができた。心が燃えるように熱くなった。たしかに貴族の生活は安寧だ。食うに困らず、毎日が祝日のようだ。だけど、死んだような毎日をまた繰り返すくらいなら、ぼくは泥の中でもがきながら自由に生きていきたい——お引き取りください。貴方の息子はもう死んだのです」

ミトロフは毅然《きぜん》と言い放った。

貴族らしい遠回しな言い方ではなく、冒険者らしく実直に、はっきりと意思を見せた。

父は眉間に皺《しわ》を寄せ、鋭い眼差しでミトロフを見下ろしている。

ミトロフは引かない。父の意向に歯向かうのは人生で初めてだった。幼いころから恐れてきた圧力は確かなもので、見下されるその眼光に自《おの》ずと背筋が寒くなる。これまでの自分であれば、見返すことも耐えることもできなかった。

だが、今は。

〝赤目のトロル〟のほうがどれほど恐ろしいだろう？

そして自分は、あのトロルと戦い、打ち勝ったのだ。その力が自分の中にあったのだと気づいている。どんなに恐ろしくとも、心を決めれば足は前に進むのだと知っている。

だったら何も恐れることはない。自分は信じる意志を貫くためにここに立っている。父に怯《おび》える理由などなにもなかった。

「――大きくなったな」

ぼそり、と父は呟《つぶや》いた。言葉の余韻すら残さずに踵《きびす》を返すと、馬車に戻っていく。

ミトロフはその背中を見送る。ふと、こんなに小さな背中だったろうかと、そんなことを思った。

高台から街を見下ろしたときのように、不意に世界が姿を変えたようだった。

アルゾはミトロフに一礼し、父に続いて馬車に戻った。

馬車が走り去っていくのを、ミトロフは見ている。これまでの人生が遠ざかり、自分の一部から切り離されるのを感じた。

貴族として生まれ、貴族として育った。家を追い出されはしても、心の在り方は貴族の三男であるミトロフだった。

それも、ついに終わったのだと思った。

貴族のミトロフは、あの馬車と共に去っていく。

今生、もう父と会うことはあるまい。人生の岐路はここである。父は貴族として。ミトロフは冒険者として。それぞれに自分の道を進んでいくのだ。

「よろしかったのですか？」

いつの間にかカヌレがそばにいた。

「ああ。これでいいんだ」

ミトロフは頷く。それはどこか、自分に言い聞かせるようでいて。

「……大変、ご立派でした」

「ありがとう。さあ、向かおう。約束の時刻に遅れてしまうな」

ミトロフは笑う。豚のように鼻が鳴ることは、もうなかった。

5

「ミトロフ、われは何と礼を言えば良いのか未《いま》だに分からぬ」

　これまでに見たこともないような表情で、グラシエは困っている。おろおろと手の置き場にも悩むようで、腕を組んだり、胸の前に流した三つ編みをいじってみたり。ちらとミトロフを見上げたかと思えば、すぐに視線を下げてしまう。

「別に礼は必要ないさ。グラシエも一緒に遺物を見つけたんだ。きみの成果でもある」

「じゃが、われはこんな方法は思いつかなんだ。それにこれではわれだけが成果を独り占めしておるじゃろうて」

　グラシエが傍らを見る。

　そこにはエルフの村へ向かうために用意された馬車がある。グラシエと同郷のエルフたちが控え、厳重に周囲を警戒している。馬車の中には、彼らが――グラシエが必死に探し求めていた青の仔鹿《こじか》の角があった。

「運が良かった。知り合いに紹介してもらった蒐集家が、思ったよりもぼくらの遺物を欲しがってくれた。コネを使ってあちこちから角を集めてくれたんだ」

「……それは僥倖《ぎょうこう》と呼ぶほかないがの。おぬし、他になにか失っておりゃせんか？」

「心配には及ばない。使い道に困った遺物を渡しただけさ。なあ、カヌレ」

と、ミトロフは隣にいたカヌレに話を振る。

グラシエもまた確かめるようにカヌレを見た。カヌレは、こんな時ばかりは、自分に表情というものがないことに少しばかり感謝をしながら頷いた。

「はい、ミトロフさまは遺物をお渡しになられただけです」

そう、嘘《うそ》は言っていない。ミトロフが話さないと決めたのなら、カヌレもまたその意思を尊重しようと思っている。

「ならば、良いのじゃが……おぬしには本当に世話になった。われひとりでは、どうにもできんかった。地下五階まで潜ることも、あそこでトロルを倒すことも、こうして捜し求めたものを見つけることも。目的を果たして里に戻れるのもすべて、おぬしと出会えたからじゃ」

「礼を言うのはこっちの方だよ。きみには命を救ってもらった。迷宮のことも、冒険者としての暮らし方も教えてもらった」

本当はもっと言いたいこともあったが、それを真っ正直に伝えるには恥ずかしさが勝った。

「この〝ウォードの箱〟とやらのおかげで角の劣化は止まっているそうじゃが、聖樹のことが不安じゃ。できるだけ急いで村に届けねばならぬ。本当は、ゆっくりと重ねて礼をしたいのじゃが」

「いいさ、気にするな。困ったときは助け合い――きみにいちばん初めに教わったことだ」

ミトロフが冗談めかして言うと、グラシエはようやく目元を和らげた。

「おぬしのように、人柄良く誠実な者に出会えたのは、聖樹と精霊の導きであったのじゃろうと思うよ。正直、われはあまり人間を好いておらなんだが、おぬしは特別じゃ」

「どちらかと言うと、人間よりもトロルに似ているからな」

「戯れを言う」

グラシエはころころと笑う。

別れのときが近づいている。それをグラシエは引き延ばさない。ミトロフも理解している。そうしなければならないことは、ふたりともに受け入れている。

「ほんに、楽しい時間であった。短い間であったが、父から話に聞くばかりであった冒険者という暮らしも悪くなかった」

「ああ、本当に。きみのおかげだ、グラシエ」

「事が落ち着いたら、われは必ず戻ってくる。それまで必ず生きておるんじゃぞ、ミトロフ」

グラシエは視線をカヌレに向ける。

「カヌレ、われがおらぬ間、ミトロフをよく世話してやってくれるかの。これは世間知らずじゃからのう、心配でならん」

「わたしにできる限りお支えしますので、どうかご心配なく」

「うむ。カヌレがいてくれて良かったわ。ミトロフひとりを残して村に帰るなど出来んかったからな」

「きみはぼくの保護者か」

ミトロフは呆れた声で言う。お節介を嫌がる年頃の少年のような顔に、グラシエもカヌレも笑う。

「カヌレ、おぬしの捜し物が見つかることを祈っておる。なに、ミトロフはどうも幸運を握っておるようじゃ。こやつといれば遠くあるまい」

「はい、わたしもそう思っております。頼りにさせていただきます」

「……そう期待されても困るんだけどな」

三人は互いに視線と笑みを交わし、小さく頷きを交換する。

これで良いのだ、とミトロフは思う。

「では、行くかの」

グラシエが待っていたエルフたちに声をかける。出立の準備はすっかり出来ていた。

「ではな、ミトロフ、カヌレ。健やかであれ」

「グラシエも」

頷きを返したグラシエは馬車の荷台に乗り込もうと足をかけたが、ふと思い出したように戻ってきた。

白い長耳に手をやると、銀の耳飾りをひとつ取り外して、ぶっきらぼうにミトロフの胸に押し付けた。

「これは聖樹の祝福を宿した銀細工じゃ。おぬしの身を守る助けになろう。よいか、預けるだけ

じゃからな。次に見《まみ》えたときに、必ず返すように」

「うむ？　分かった。大事に持っておく」

「良きかな」

ではな、とグラシエは背を向ける。銀髪から突き出た長耳が赤く染まっているのを、ミトロフは目ざとく気づいている。ただ、どうしてそう照れているのかが分からない。

グラシエはもう振り返らなかった。

馬車に乗り込み、その馬車が動き出す。やがて通りの雑踏の中に交ざって、その影も見えなくなる。

「――行ってしまったな」

「はい。寂しくなりますね」

「本当に。だが、良いのか、カヌレ。ぼくはひとりになってしまったから、収入も探索の速度も落ちる。きみの捜し物を見つけるのに効率が悪いだろう」

ミトロフはごく当たり前の心配をする。

遺物と青の仔鹿の角で取引をすると決めたとき、ミトロフがカヌレを呼び出した理由は、ひとりで運ぶには重すぎる木箱を任せるだけでなく、グラシエがいなくなったあとのカヌレの処遇について話し合うためだった。

ソロの冒険者となるミトロフは、カヌレに契約の解除を申し出た。自分の目的のためにより良いパーティを見つけた方が良いだろう、と。それこそ、ミケルを紹介するつもりですらあった。

カヌレはその時には「では考えます」と答え、今ではミトロフと一緒に冒険者を続けるという。

「たしかに、深い場所を捜すのであれば、より効率的なパーティもあるかもしれません。ですが、迷宮は複雑な場所のようです。現に、ミトロフさまは今まで誰も気づかなかった横道で遺物を発見されたとか。グラシエさまの言うとおり、貴方には幸運がついているように思います」

それに、とカヌレは続ける。

「効率的であることよりも、わたしは信頼できる方と一緒に迷宮に行きたいのです。ミトロフさまは、わたしの作った料理を美味《おい》しいと言ってくださいました。グラシエさまのために大切なものを切り離されました。殿方としてご立派かと思います」

「う、うん？　ありがとう。だが、それくらいで充分だ。褒め言葉には慣れてない」

「はい」

くすりとカヌレは微笑《ほほえ》んだ。そこになんとも言えない歳上《としうえ》の淑女のような余裕を感じて、ミトロフは唸《うな》る。そういう女性にはなにを言っても敵《かな》わない気がするもので、ミトロフは話題を変えようと考えた。

「そ、そういえば、これをくれたとき、グラシエはずいぶんと照れた様子だったな」

と、手に握る銀の耳飾りを見る。

それは鳥を象《かたど》ったもので、貴族としての審美眼を持つミトロフからしても美しいものだった。

「……ミトロフさまはご存じなかったのですか？」

「なにをだ？」

と気軽に訊き返したミトロフに、カヌレは伝えるべきか少し迷ったようである。

「エルフ族の女性は、この方だと心に決めた男性に鳥の耳飾りを渡すのです。貴方のもとにまた舞い戻るという気持ちを込めて。預けるだけ、と仰《おつしや》っていましたから、正式なものではないかと思いますが」

「…………」

ミトロフは後半の言葉をあまり聞いていなかった。

なにしろ、幼いころから太っちょであったミトロフである。女性とは縁もなく、恋をするなどとそんな考えもなかった。思えば、こうして他人から贈り物をもらうことすら初めての経験である。

今になってグラシエの赤くなった耳の意味を知って、ミトロフは急激に彼女のことを意識してしまったらしい。

「ミトロフさま、お顔が真っ赤ですが……？」

「いや、なんでもない。ああ、まったく大丈夫だ。ぼくは平常心を心掛けている」

心臓がばくばくとうるさい。こめかみまで熱い。どうしてこういうときには〝昇華〟で手に入れた冷静な思考は発揮されないのだろうと不満に思いつつ、耳飾りを大切に懐にしまった。

「さて、これからどうしようか」

白々しいほどの話題の転換であるが、男性の羞恥に茶々を入れない嗜《たしな》みをカヌレは身につけていた。

「よろしければ、武器と防具を見たいのですが」

「それは、どうしてまた？」

「グラシエさまが欠けた穴を埋めるというほどの自信はありませんが、盾を持つくらいならできるのではないかと思いました。ひとりより、ふたりで戦う方が安全ではありませんか？」

ミトロフは〝赤目のトロル〟との戦いを思い出した。最後の一撃、カヌレはドワーフの戦士の大盾を構えて〝緋熊の腕〟を防ぎ切ったのだ。以前の探索でもカヌレは丸盾の扱いに非凡な才を見せたことがある。

「……それは、すごく助かるな。カヌレを頼らせてもらおう。実は、ぼくもひとりきりで戦うのに不安があったんだ」

ミトロフはふむと頷いて、

「良い店を知っている。頑固なドワーフの鍛冶屋と、口は悪いが親切な老婆のやってる防具屋があってな」

ミトロフは、グラシエと共にその店に行った日のことを話しながら歩き出した。

日差しは眩《まぶ》しく、ゆるく吹く風の涼しさが心地良い。大通りには人があふれていて、騒がしいほどに賑《にぎ》やかだ。

ふと立ち並ぶ屋台から香辛料の旨《うま》そうな香りがした。

ミトロフの腹がぐうううと鳴った。口に涎《よだれ》があふれて、鼻がブヒっと鳴いた。

「――だが、先にちょっと、飯を食べてもいいかな？」

了

番外編　ミトロフの食い道楽

「味が単純すぎる」

フォークを握り深皿を見つめ、ミトロフは呟《つぶや》いた。心に浮かんだ感想がそのままぽとりと溢《あふ》れたようである。

「そうかの？　悪くない味と思うが」

きょとんとグラシエが首を傾《かし》げた。

「エルフ族と人族の差異なんだと思う。人族は自然の恵みをそのままに味わうより、料理法や調味料を駆使して加工したがるものなんだ。ぼくもそれに慣れているから」

見やれば、グラシエの前にあるのは、木の実を交ぜたサラダと塩焼きの鳥肉、それから果物の盛り合わせだ。肉などは小さなもので、ミトロフならばふた口で平らげてしまうくらいだった。

ギルドの食堂は、種族も様々な冒険者の様々な要望に応えられるよう、多様な料理が揃《そろ》っている。

それでも、貴族として育ったミトロフが満足することは難しい。

「材料が揃えば、お作りして差し上げたいのですが……」

黒衣に身を隠したカヌレがおずおずと言う。

いつもの迷宮探索を終えた夕食どきである。カヌレはその体質のために食事は必要ないが、三人で同じ時間を過ごすことには前向きである。

「きみは貴族向けの料理も作れるのか？」

ミトロフは鼻息を荒くした。食べているばかりのミトロフは、味は分かっても作り方は見当もつかない。料理というのは専門の人間だけが身につける技能である。ミトロフは包丁も握ったことがない。

「期待に応えられるかは分かりませんが。そもそもの問題として、質の良い食材や調味料を揃えるのが難しいかと」

「む……やはり高いのか？」

「料理によって違いはありますが、ミトロフさまの食べ慣れた味を再現するとなれば、安くはありません。料理はまず素材から、ですので」

むう、とミトロフは手元に視線を戻した。

煮込まれてすっかり溶けた野菜と、硬い肉のシチューである。口に含めばトマトと赤ワインの味がするが、酸味ばかりが強くてコクがない。舌の上を通り過ぎるのは食材たち個別の味わいであって、それらが重なることで生まれる味の深みとは無縁である。

「不味《まず》いわけではないんだが……」

「ふむ、慣れた味が恋しいということかの？」

「それだ。どうしても比べてしまうな」

はじめのころは市井の食事に物珍しさがあった。迷宮探索という刺激が食事のスパイスにもなっていた。

しかしそれも日常となって慣れてしまうと、舌も冷静に味を確かめてしまうものである。

冒険者が好む料理などは、香辛料や塩気が強く、味の境界がはっきりしている。労働の後には美味《うま》いが単調と言わざるを得ず、毎日食べるとなると飽きがくる。

ミトロフは冒険者として生活しながら、自分のこれまでの境遇がいかに恵まれた贅沢《ぜいたく》であったかを知った。仕立て良く着心地の良い服や、静かで清潔な寝室もそうだが、いちばんは食事である。

ふう、と鼻息をつきながらも、ミトロフはぺろりと皿を空けた。

「量が少ないのも、やはり侘《わび》しいな」

あくまでも上品にナプキンで口を拭きながら、ミトロフはぼやく。

グラシエはくくく、と忍び笑いをした。

「里の男らをよく食うものと思っておったが、ミトロフの食欲には感心させられるのう」

「エルフ族の男性は少食なんだろう」

「いやいや、おぬしが際立っておるのよ。カヌレ、ミトロフを満足させるのは手が掛かろうな。肥えた舌だけでなくこの胃袋を埋めねば」

「……腕が鳴ります」

ぎゅっと両手で拳を作って見せたカヌレは、普段の落ち着いた態度よりも幼く見える。気合も充分とこくこく頷《うなず》いているのがフードの動きから分かった。

「これはぜひとも、カヌレにご馳走《ちそう》になりたいものだ。食材、調味料……よし、ぼくは金を稼ぐぞ。ぼくの金で、お腹《なか》いっぱいになるほどの食事を用意してもらう。良い目標だ」

「欲に正直過ぎる気もするが。ま、目指すものがないよりはよほど良いかの」

グラシエは頷きながら手元の皿に視線を落とし、フォークを取り上げるが、ふと思い直して顔をあげた。

「……ミトロフ、食べるか?」

「いいのか?」

「まったく、そんな瞳で見つめられたら落ち着かぬわ」

顔を明るくしたミトロフに、仕方のないやつめと苦笑し、グラシエは皿を押しやった。

あとがき

小学校のころ、教室の壁に「継続は力なり」という張り紙がありました。大人になって気づいたのですが、そのあとには「うまくいく保証はないけれど」と続くのが世の中というもののようです。

みなさん初めまして、もしかするとお久しぶりです。風見鶏《かざみどり》です。

この物語は小説投稿サイト「小説家になろう」に掲載したものに手を加えた刊行版となります。そちらでは第二部、第三部と物語が続いておりますので、よろしければご覧ください。

「小説家になろう」というサイトには数多《あまた》の小説があります。その中で多くの方に自分の小説を読んでもらうことは簡単ではありません。

この小説もまた、連載時にはごく少数の方だけが読んでくださっていました。完結してのち、望外にも多くの方の目に留まる幸運に恵まれ、刊行しませんかというお話をいただきました。

昨年、風見鶏という小説家は本を出版できていませんでした。小説を出版しない小説家は小説家にあらず。それはもうただの〝家〟です。私は昨年、家でした。

どうしたもんかな、と悩み転がりうたた寝をしながら、泥を掘るように書いたのがこの小説です。

刊行のお話をいただけた時には、それはもう嬉《うれ》しかった。

本作品の主人公であるミトロフは、多くを諦めている人間です。がんばっても上手《うま》くいかないのが世の中だと知って腐ってしまった。だからもう自分のためには頑張れない。けれど、環境が変わり、出会いがあり、誰かのためにまた頑張れる自分を予想外にも見つけます。

現実では何ごとにも、頑張れ、努力は実る、やればできると軽率に言えない時代となりました。努力の種をいくら蒔《ま》いても、うんともすんとも収穫がないことが当たり前だったりします。それでも時には、耕した土にひとつきりの芽が出ることがあります。

「小説家になろう」というサイトは、ランキング形式を採用しています。読者が評価ポイントを入れると、作品はどんどんと目立つ場所に上がっていきます。そうすると多くの人に見つけてもらえる。

この作品が出版できる運びとなったのは、私が努力して頑張って小説を書いたからではありません。読者の皆さんが広大な小説の海から見つけ、読み、面白いと言って評価ポイントを入れて応援してくださったからです。

私が土を耕していたところに、みなさんの力で肥料や雨や日光が注がれ、こうして一冊の本という果実を実らせることができました。

うまくいく保証はないけれど、書くことを続ける。

この作品を通じて、作者としてそれを教わったように思います。改めて頑張る理由を見つけさせていただきました。ありがとうございます。

最後となりましたが、イラストを担当してくださった緋原《ひはら》ヨウさんには素晴らしいイラストで瑞々《みずみず》しい命を吹き込んでいただきました。文字の世界から飛び出した彩りに脱帽するばかりです。

編集の樋口《ひぐち》さんは、この作品を見出《みいだ》してくださっただけでなく、刊行作業においても種々様々な業務で骨折りいただきました。困った時はとりあえず樋口さんに「いやあ、これってどう思います？」と頼りにさせていただきました。

こうして一冊の本となるまでにその他にも多くの方々のお世話になっております。この場を借りて深くお礼申し上げます。またお世話になれたら幸いです。

読者のみなさまにも再びご挨拶できることを願いつつ。

二〇二三年　二月　風見鶏

太っちょ貴族は迷宮でワルツを踊る 1

発行　2023年3月25日　初版第一刷発行

著者　風見鶏
イラスト　緋原ヨウ

発行者　永田勝治
発行所　株式会社オーバーラップ
〒141-0031　東京都品川区西五反田8-1-5
校正・DTP　株式会社鷗来堂
印刷・製本　大日本印刷株式会社

ISBN　978-4-8240-0443-7 C0093

【オーバーラップ　カスタマーサポート】
電話　03-6219-0850
受付時間　10時～18時（土日祝日をのぞく）

作品のご感想、ファンレターをお待ちしています

あて先：〒141-0031　東京都品川区西五反田8-1-5 五反田光和ビル4階　オーバーラップ編集部
「風見鶏」先生係／「緋原ヨウ」先生係

スマホ、PCからWEBアンケートにご協力ください

アンケートにご協力いただいた方には、下記スペシャルコンテンツをプレゼントします。
★本書イラストの「無料壁紙」　★毎月10名様に抽選で「図書カード（1000円分）」

公式HPもしくは左記の二次元バーコードまたはURLよりアクセスしてください。
▶ **https://over-lap.co.jp/824004437**
※スマートフォンとPCからのアクセスにのみ対応しております。
※サイトへのアクセスや登録時に発生する通信費等はご負担ください。

オーバーラップノベルス公式HP ▶ **https://over-lap.co.jp/lnv/**